가프 현대 판타지 소설

MODERN FANTASTIC STORY

밥도둑 약선요리王

밥도둑 약선요리王 5

가프 현대 판타지 소설

초판 1쇄 찍은 날 § 2019년 5월 17일
초판 1쇄 펴낸 날 § 2019년 5월 24일

지은이 § 가프
펴낸이 § 서경석

총괄팀장 § 노종아
편집책임 § 최광훈

펴낸곳 § 도서출판 청어람
등록번호 § 제387-1999-000006호
등록일자 § 1999. 5. 31
어람번호 § 제1-3023호

주소 § 경기도 부천시 부일로 483번길 40 서경B/D 3F (우) 14640
전화 § 032-656-4452 팩스 § 032-656-4453
http://www.chungeoram.com
E-mail § chungeorambook@daum.net

ⓒ 가프, 2019

ISBN 979-11-04-91996-1 04810
ISBN 979-11-04-91945-9 (세트)

가프 현대 판타지 소설
MODERN FANTASTIC STORY

밥도둑 약선요리王

5

도서출판
청어람

밥도둑

약선
요리
王왕

목차

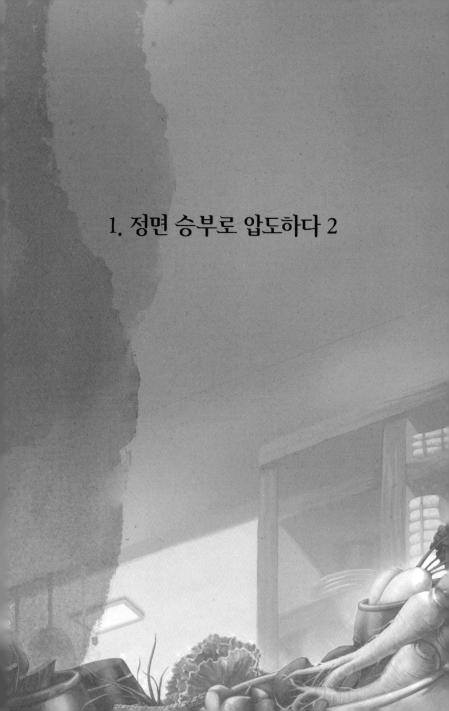

1. 정면 승부로 압도하다 2

좌아아!

물을 틀었다. 검증받은 용기 두 개에 물을 받았다. 첫 번째 물에 플랜츠새우를 적시듯 살짝 재웠다. 이제 민규의 물 마법은 이미 진행 중이었다.

1번 타자로 벽해수가 소환되었다. 물과 플랜츠새우의 반응에 집중했다. 늘 쓰던 초빛의 수돗물이 아니었다. 맛은 언제나 미세함에서 갈린다.

완벽한 단맛에 식초 한 방울이 들어가면 어떻게 될까? 야구로 치면 퍼펙트게임이 날아간다. 완벽한 매운맛에 쓴 간이 더해지면 어떨까? 그 또한 마찬가지의 결과를 낳는다. 더구나

이들은 맛 분석에는 일가견이 있는 사람들이었다.

사사락!

초자연수 안에서 플랜츠새우의 해초 성분이 활성화되는 게 느껴졌다.

'여기야.'

…싶을 때 새우를 옆 그릇으로 옮겼다. 이번에는 지장수 소환 물이었다. 지장수의 손길로 식물성 단백질 원료를 쓰담쓰담 증폭시키는 것이다. 그 극점에서 새우를 건져냈다.

예외적으로 세 명분의 새우는 한 번 더 씻어내는 과정을 거쳤다.

무라카미.

제이미.

황징위.

세 사람의 이름이었다.

새우는 정성껏 물기를 닦아냈다. 민규의 손길은 진짜 새우든 합성 새우든 차별을 두지 않았다.

새 팬을 올렸다. 플랜츠새우였으므로 새우 머리는 없었다. 달궈진 팬에 버터를 푸짐하게 둘렀다. 새우 머리가 없는 걸 보충하려는 듯 조금 넉넉하게 들어갔다. 거기서 냉동실을 열어 얼린 대나무 칼 수십 개를 꺼냈다.

'대나무 칼?'

언제, 어떻게 쓰려는 걸까 궁금하던 도구. 게스트들의 시선이 민규에게 쏟아졌다.

'꿀꺽!'

피펜은 마른침을 넘겼다. 한국에서도 보지 못한 과정이었다. 볼펜 크기의 얼린 대나무 칼. 꼬치구이라도 하려는 걸까? 하지만 칼 모양으로 깎은 걸 보아 꼬치는 아니었다.

"……!"

무라카미의 시선도 각을 세우고 있었다. 못 본 체 넘기고 플랜츠새우를 잡았다. 대나무 칼이 플랜츠새우의 등을 갈랐다. 칼을 뽑지 않은 채 팬에 새우를 넣었다.

치직!

소리와 함께 김이 솟았다. 대나무의 차가운 습기와 버터의 뜨거운 온도가 만난 것이다. 민규가 재빨리 대나무 칼을 꺼내 들었다.

'아!'

피펜의 입에서 감탄이 새어나왔다.

매직.

팬 안에서 마법이 일어났다. 플랜츠새우에게는 있을 수 없는 하얀 속살을 드러낸 것이다.

대나무 칼에 새긴 빗살무늬가 선명하게 속살에 남았다. 진짜 새우와 거의 유사한 자태였다.

"와우!"

게스트 몇몇이 민규의 마법에 중독되기 시작했다.

대나무 칼을 이용한 새우 속살 조각.

그건 우연이었다. 호텔에서 포크를 떨어뜨린 덕분에 영감을 얻었다. 한국에서는 원효대사의 해골 득도와 연결할 수 있겠지만 서양이라면 위스키가 그 범주에 꼽혔다.

위스키 역시 처음부터 풍미 있고 향기로운 술은 아니었다. 무려 다섯 세기를 거치는 동안에 오늘날에 이르렀으니 아이러니하게도 과중한 세금이 오늘날의 위스키 맛에 결정적 영향을 미쳤다.

영국 당국이 스카치위스키에 무거운 세금을 매기던 시절, 이에 반발한 양조업자들이 산으로 들어가 밤에만 증류하며 밀주를 만들었던 것.

그때 당국의 눈을 피하기 위해 위스키를 오크통에 넣어 동굴 등지에 숨겼던 것이 숙성 기술의 토대가 되었으니 우연이라고 해도 과언이 아닐 판이었다.

민규의 마법은 계속 진행되었다. 그때마다 플랜츠새우는 진짜 새우처럼 흰 속살을 드러내며 시선을 사로잡았다. 민규는 계속 전진했다. 버터를 발라 오븐에 넣고, 튀김 준비도 했다.

'감바스……'

아까와 같은 과정으로 갔다. 다른 것은 딱 세 가지였다.

—머리가 없다는 것.

—초자연수가 소환되었다는 것.

—11인분 아니라 12인분을 했다는 것.

진짜 새우의 경우처럼 등을 가르지 않은 재료를 먼저 넣고, 대나무 칼로 등을 가른 새우는 한 타임 늦게 투하했다.

자글자글!

새우 익는 소리가 주변으로 퍼져 나갔다. 부드럽게 섞이는 재료의 향을 맡으며 생각했다.

'열한 명……'

상지수창은 이미 체크한 후였다. 당연히 몇몇 문제가 있는 사람이 있었다. 하지만 주제가 새우 맛이므로 개별 체질은 고려하지 않았다.

다만 두 사람은 그 애로가 심하기에 약간의 배려를 했고, 한 사람만은 의도적으로 저격용 초자연수를 첨가해 주었다.

저격용 초자연수는 무라카미 쪽이었다.

열한 명의 시식단.

만장일치 호평은 나오기 어려웠다. 더구나 이들은 전문가와 요리 논객 그룹이었다. 그렇다면 일부의 박한 평가는 오히려 자연스러운 일이었다. 민규의 계산으로 보아 두세 명 정도로 끝나면 대성공. 피펜 역시 그렇게 기대할 가능성이 높았다.

'전면전.'

이 시식회의 성격을 생각했다. 그렇다면 자명했다. 그 성격에 맞춰 완벽한 지뢰는 선제하는 게 옳았다.

쪼르륵!

두 명의 보조들이 테이블을 돌며 물 잔을 채워주었다. 처음과 같은 생수 통에서 나왔지만 이제는 그냥 생수가 아니었다. 요수를 소환한 초자연수였다. 식욕 강화를 위한 입가심용. 황징위의 볼빅 역시 민규가 손을 써두었다.

"OS의 플랜츠새우로 만든 감바스 알 아히요입니다. 시식을 부탁드립니다."

드디어 첫 요리가 출격했다. 양은 많지 않았으니 한 사람당 다섯 마리 정도를 올렸다. 게스트들은 다양한 표정으로 새우를 물었다.

톡!

육즙이 나왔다.

플랜츠새우에서 육즙?

"……!"

게스트들의 시선이 거기서 멈췄다. 몇 달 전의 첫 시식에서는 없던 맛이었다. 해초의 아미노산과 식물 단백질에서 우러난 수분이 입안에 퍼진 것.

그 맛은 수준급의 담백함이었다. 탱글하게 씹히는 식감도 나쁘지 않았다.

새우살에 탄력이 생겼다. 벽해수와 지장수의 마법이었다. 바다 한가운데의 물, 벽해수 덕분에 해초 성분의 선도가 향상되고 지장수 때문에 식물성 단백질들 역시 결합력이 강화되었다. 그 절묘한 타이밍을 맞췄기에 실물 새우의 식감에 근접하는 플랜츠새우였다.

"으음……."

게스트들의 반응은 신중했다. 씹고 또 씹으며 음미하는 것이다. 하지만 단 한 사람, 무라카미의 인상만은 쓸개라도 씹은 듯 팍 구겨져 있었다. 그러나 그 표정은 이내 환희로 바뀌었다.

딱 걸렸어.

그런 표정이었다.

그 표정을 민규가 보았다. 짐짓 넘어가 주었다.

다음으로 제이미 표정을 보았다. 황징위도 체크했다. 제이미에게 선물한 초자연수는 조사탕이었다. 조사탕은 당뇨와 입이 마르는 증상에 직방이었다. 그는 토형 체질로 비위장이 그리 좋지 않았다.

당뇨에 대한 정보는 췌장에서 얻었다. 거기 혼탁이 강했다. 나아가 물을 자주 마셨다. 아직 젊은 여자. 전날 과음의 기색은 보이지 않았으니 당뇨가 분명했다. 의식적으로 과식도 피하고 있었다.

황징위에게는 열탕 처방이었다. 그러나 그의 물 기호는 까다로웠으니 열탕의 맛은 반천하수로 감추었다. 그의 애로는 대장이었다. 금형 체질의 그는 폐대장에 문제가 있었다. 그렇기에 비행기에서도 세 겹의 담요를 배에 두르고 있었던 것이다. 냉방 과민성 대장이었다.

둘에게 잘 보일 생각은 없었다. 그저 시식 요리만이라도 편안하게 감상할 조건을 만들어주고 싶을 뿐이었다.

"놀라운데요?"

제이미가 첫 반응을 보였다.

"개인적인 소감이지만 지난번 제품보다는 월등하게 향상되었네요. 식감도 새우에 가깝고 맛 역시 진짜 새우인가 싶을 정도로 구분하기 어렵습니다."

"아마 진짜 새우의 여운일 겁니다."

두 자리 건너의 엘리자베스 의견은 달랐다.

"미각이란 비슷한 맛을 연속으로 먹게 되면 관대해지는 경향이 있지요. 따라서 우리가 현재 느끼는 새우 맛은 아까 먹은 새우로 인한 착각일 수도 있습니다. 더구나 똑같은 형식의 요리잖아요?"

"음, 똑같은 요리라서 미각이 관대해진다는 건 공감할 수 없습니다. 셰프의 말대로 비교의 기준으로 삼으면 되니까요. 우리가 할 일은 이 요리가 진짜 새우의 맛을 어느 정도 내느냐의 문제인 것 같은데 식감과 육즙, 맛에 있어 저는 합격점을 주겠습니다. 이 플랜츠새우, 묘하게도 다음 맛을 기대하게 하거든요. 새우 추출물이 1%도 안 들어간 제품으로 이 정도 새우 맛을 살렸다는 건 굉장한 성과라고 생각합니다."

요리 평론을 하는 블링거가 제이미 손을 들어주었다. 무라카미의 작심 발언이 나온 건 그때였다.

"저는 좀 실망입니다. 저도 이 제품의 초기 개발에 애정이 많은 사람이라 기꺼이 참가했습니다만 오히려 처음보다 나빠졌습니다. 이런 수준으로는 3세계의 저가 시장에서도 통하지 않을 걸로 봅니다."

평가절하.

지나친 혹평이 나왔다.

시식자들의 미간이 일제히 구겨졌다. 아무리 나쁘게 봐도 그 정도는 아닌 요리. 악의를 담지 않고서야 나올 수 없는 오버였다.

"죄송하지만 그런 혹평까지는 좀 아닌 것 같습니다만."

미식가 라툰이 반론을 냈다.

"그렇다면 제 혀가 문제라는 겁니까? 여기 계신 몇몇 분들도 아시다시피 저도 한때는 도쿄의 미식가이자 셰프였습니다. 이 시식 또한 제 프렌드인 피펜의 성공을 위해 참석했지만 이 새우 요리는 3류 식당 초보 요리사의 손에서나 나올까 싶은……"

무라카미가 자기 접시를 가리켰다. 남은 건 튀김 하나와 버터구이 한 마리였다. 순간, 돌발 상황이 일어났다. 여배우 설리가 새우 하나를 집어 든 것이다. 누가 뭐라 할 사이도 없이 그녀의 입으로 들어갔다. 그녀는 홍설아처럼 먹방 출연이 많은 스타의 하나였다.

우물!

"어떻습니까?"

새우를 씹는 설리에게 미식가가 물었다.

"이분 것만 이상한가 싶었는데 괜찮은데요?"

설리가 어깨를 으쓱해 보였다. 남은 하나의 새우는 미식가가 집었다. 미식가의 입으로 새우가 들어갔다.

"제가 보기에도 딱히 문제는 없는 것 같습니다. 조금 식었지만 평균적인 새우 맛 이상은 되네요."

그 역시 어깨를 으쓱할 뿐이었다.

"......!"

이쯤 되니 황당한 건 무라카미였다. 그가 먹은 플랜츠새우 두 마리. 불쾌하고 저급한 잡맛이 강했다. 입안에서 몇 번이고 확인한 맛이었다. 한 마리도 아니고 두 마리였다. 그런데 아니라니?

"요리 좀 더 줘보시오."

무라카미가 빈 접시를 내밀었다. 민규는 기꺼이 요리를 채워주었다. 무라카미가 허겁지겁 새우를 찍었다. 하나를 먹고 또 하나를 먹었다.

"......!"

무라카미의 의지는 낱낱이 무장해제가 되었다. 이 새우가 아니었다. 그가 먹은 새우는. 하지만 그건 자신의 입으로 들어가 버린 후. 토해서 꺼내놓을 수도 없는 일. 남은 건 말도 안 되는 혹평. 피펜에게도, 몇 명 다른 지인들에게도 치졸한 꼴을 보인 추태에 다름 아니었다.

그의 시선이 민규에게 향했다. 민규는 너무나 정중하게 그의 시선을 받았다. 마치 기다리고 있었다는 듯.

'으윽!'

그는 그제야 뭔가 잘못되었음을 알았다. 하지만 증거는 없고 현실만 남았다. 그는 새우 맛 제품 외에 다른 해산물을 피펜에게 공급하고 있던 차. 이렇게 되면 거래가 끝장이 나고 말 일이었다.

지뢰 제거 완료.

민규는 비로소 확신했다.

'당신은 조금 더 신중해야 했어.'

그 말에는 두 가지 의미를 담겨 있었다. 만약 그가 신중했다면 이모부의 등을 치지는 않았을 것이다. 그랬다면 그는 이모부에게 양질의 해초를 공급받아 중계무역을 하며 이익을 취했을 일이다.

오늘도 그랬다. 민규의 승부수는 딱 두 마리의 새우였다. 그 새우에만 위험한 초자연수 취탕을 소환해 준 것. 그 두 마리는 그의 체질에 맞춘 세팅. 다른 새우보다 먹음직스러웠으니 그가 물 수밖에 없는 미끼였다.

별 네 개.

이날 시식회에 나온 평점의 평균이었다. 지난번에 받았던 별 세 개에 비하면 엄청난 성과였다. 뉴욕 전부는 아니지만 시식 현장만은 확실하게 뒤집어 버린 민규였다.

"셰프!"

게스트들 배웅을 끝낸 피펜이 격하게 돌아섰다.

"황징위가 중국 파트너십 계약을 체결하기로 했습니다. 15억 중국 시장을 열었다고요."

피펜이 쾌재를 불렀다.

"들어가시죠. 제가 드릴 말씀이 있습니다."

"아, 잠깐요."

손을 끄는 그를 민규가 진정시켰다.

"왜요? 나는 지금 미칠 것 같습니다. 이 시식회 예상보다도 큰 성공이라고요. 대성공!"

"저는 아직 손님 한 사람 접대가 끝나지 않았습니다만."

"한 사람?"

"당신의 천사."

"……?"

"죄송하지만 마지막 점수도 확인해야 하지 않을까요?"

민규가 테이블을 가리켰다. 거기 새로 세팅된 새우 요리가 있었다. 피펜의 딸에게 보내는 민규의 요리였다.

"아, 제품새우 요리를 왜 1인분 더 하나 했더니 내 딸을 위해?"

"맞습니다. 이 사업의 시작이 따님 때문이라면서요?"

"셰프……."

피펜의 눈가에 이슬이 맺혔다. 그는 육탄 돌격이라도 하듯 달려와 민규를 안아버렸다.

"당신은 진짜 셰프입니다. 미슐랭의 별로도 점수를 매길 수 없는."

피펜의 눈물이 민규에게 묻어왔다.

"하핫, 이러시면 따님이 요리 편하게 못 먹을 텐데……."

치이익!

주방에 다시 올리브유와 플랜츠새우의 맛 향이 흘러넘쳤다. 이번에는 연구진들을 위한 요리였다. 유명 인사들을 위한 시식은 대성공. 그걸 본 연구진들도 시식을 원했다. 피펜과 모종의 의논을 한 눈치였다. 요리는 두 가지로 진행되었다. 그냥 물을 이용한 것, 민규의 초자연수를 쓴 것.

요리가 나왔다. 전자의 요리는 대략 넘어갔다.

"흐음……."

"하아……."

초자연수의 요리에서 세 연구진의 요리 분석은 게스트들 이상이었다. 사진에 이어 관능검사, 맛 검사까지 꼼꼼하기만 했다. 어쩌면 민규에게는 그들이 더 강적이었다.

"확실히 이쪽이 우월하군요. 식감이 제대로 살아서 마치 진짜 새우를 씹는 식감입니다. 맛도 활성화되었고요."

의견을 남긴 개발자들이 퇴장했다.

넓은 실험 주방. 민규와 피펜만 남았다. 피펜은 천천히 남은 요리를 다 먹었다.

"좋군요. 진짜 새우처럼 쉽게 질리지 않습니다."

피펜이 냅킨으로 입을 닦았다. 그런 다음 민규를 향해 입을 열었다.

"셰프!"

"예."

"우리의 오늘 전략이 전면전이었지요? 다 까발리자."

"그렇죠."

"그래서 말인데 우리 개발자들이 이 요리의 비밀을 원하고 있습니다."

"……?"

"여기 들어간 기도의 물 말입니다. 그 물을 저희가 분석할 수 있게 해주시겠습니까?"

"물을요?"

"그렇습니다. 저희 연구진 판단인데 시식은 성공적이지만 더 큰 성공은 시식 때 나온 맛의 실현과 유지라는 겁니다. 그래야만 제품에 대한 이미지 구축에 완전한 성공을 이룰 수 있다는군요. 제 생각도 그렇고요."

"……"

"어쩌면 셰프와 저는 공동 운명체가 된 것 같습니다. 셰프께서 저질렀으니 수습을 해주시면 좋겠습니다."

"피펜……"

"그 물 말입니다. 동양 사상이 말하는 기가 들어갔든 마술이 들어갔든 저희가 분석을 해보겠습니다. 그래서 맛을 강화할 수 있는 재료가 있다면 그걸 찾아서 보강하겠습니다. 그럼 시식 때 본 맛의 구현에 가까워지지 않을까요?"

"……."

"제 딸의 명예를 걸고 진심으로 제의합니다. 당신의 기도의 물을 공개해 주십시오. 그 물을 분석해서 제품에 반영하고 당신에게는 파트너십으로써 합당한 로열티를 지불하겠습니다."

'로열티?'

"물 샘플을 주시는 것만으로 매출액의 0.5%를 책정합니다."

"……!"

민규가 소스라쳤다.

0.5%.

작은 숫자다. 하지만 플랜츠새우 제품이 제대로 자리를 잡는다면 어마어마한 금액이 된다. 예컨대 연 1억 불 매출이라면 50만 불이고 10억 불이라면 100만 불이 되는 것이다. 만약, 그 이상이라면…….

"피펜……."

"미안하지만 우리는 시간이 없습니다. 오늘 시식단 중에는 뉴욕타임즈의 칼럼니스트부터, 저명한 유티버까지 즐비하거든요. 그들은 벌써 써젖히거나 인터넷상에 영상을 뿌리고 있을 겁니다. OS의 새우는 맛이 착하다. 가짜지만 진짜 같다."

"……."

"그들의 명예를 지켜주려면 서둘러야 하지 않을까요?"

피펜의 눈빛은 진지했다.

"그렇게 하죠."

민규가 콜을 받았다. 민규의 초자연수. 일부 분석은 가능하다. 하지만 다 분석되는 건 아니었다. 지상의 분석기의 한계였다. 분석기는 분석할 수 있는 것만 분석할 뿐이었다. 하지만 그것만 해도 제품 향상의 키가 될 수 있었다.

약간의 퍼포먼스 후에 물을 내주었다. 해초 쪽에 작용시킨 벽해수와 식물성 단백질을 증폭한 지장수였다. 더 좋은 제품을 위해 반천하수도 한 방울씩 소환했다.

개발자들이 들어와 샘플을 가져갔다. 원수 격인 수돗물과 그 물에 소환한 초자연수 두 가지였다. 잠시 커피를 마시며 결과를 기다렸다.

"셰프!"

얼마나 지났을까? 노트북을 검색하던 피펜이 화면을 가리켰다.

"한 번 보시죠. 제이미의 유티비입니다. 벌써 파일을 올렸네요."

"……!"

민규 눈이 화면에 정지되었다.

〈외계에서 온 제3의 새우, 플랜츠새우〉

타이틀 위에서 해초와 콩 등이 통통 튀었다. 개발 관련 자료까지 받아 간 제이미. 민규의 요리 현장과 레시피, 자신의 시식 장면을 편집해서 올렸다.

시작은 각종 해초와 콩, 씨앗, 견과류, 통곡물 등이 합체해 새우가 되는 그래픽이었다. 어설프지만 재미있었다. 그녀가 왜 FOOD 분야 유티비에서 측정 불가의 인기를 끌고 있는 지 알 것 같았다.

"이 시식은 사실 두 번째입니다. 첫 번째 시식 제품은 시범 상품으로도 나와 있습니다. 하지만 2% 부족한 식감과 맛 때문에 파일을 올리지 않았는데 개선된 오늘의 시식은 달랐습니다. 지구상의 모든 채식주의자와 코셔들에게 희소식이 될 것 같아 바로 소개를 드립니다."

화면에 플랜츠새우와 진짜 칵테일새우가 나왔다. 똑같은 요리도 나왔다. 평점은 별 네 개 VS 별 다섯 개였다. 마지막 마무리가 아름다웠다.

"제가 비워둔 별 하나는 여러분의 몫입니다. 너무 다른 사람 따라가는 건 재미없잖아요? 제이미가 준 별 네 개에서 하나를 빼서도 좋고 더하서도 좋습니다. 결론은 이 새우 아닌 새우인 플랜츠새우가 채식주의자들의 테이블에 반가운 메뉴가 될 거라는 것."

쪽!

플랜츠새우에게 키스를 하는 것으로 동영상은 끝을 맺었다. 그 아래 딸린 댓글은 벌써 2만 개를 넘고 있었다.

—와후, 플랜츠새우, 먹고 싶네요.

—나에게 희소식, 맛이 너무 궁금합니다.

—제이미가 추천하면 믿고 갑니다.

—어디 가면 살 수 있나요? 여기는 중동입니다.

—우리 아이는 갑각류 알레르기지만 새우만 보면 먹으려 해서 마음 아팠는데 희소식이네요.

—시범 플랜츠새우 먹어본 1인입니다. 그건 별로였는데 맛이 좋아졌다니 다시 시도해 보겠습니다.

호평이었다. 피펜이 왜 그런 시식회를 개최했는지 알 것 같았다. 일반적인 광고에 비해 접근성이나 친근감도 좋았고 효과까지 좋았다.

"셰프 덕분입니다."

피펜이 엄지척을 보여주었다.

뒤를 이어 뉴욕타임즈의 FOOD 섹션에도 기사가 올라왔다.

〈플랜츠새우, 새우의 판도를 바꿀 혁명〉

그 기사의 클릭 수도 뜨거웠다. 피펜의 입은 귀밑에서 내려오지 않았다.

"피펜!"

그 얼마 후에 연구원이 돌아왔다. 재훈이 근무하는 보건환경연구원보다도 막강한 첨단 장비와 실험실을 갖춘 OS Food. 그들의 기동력은 굉장했다.

"결과 나왔습니까?"

피펜이 일어섰다. 그도 긴장하고 있었던 모양이었다.

"굉장합니다. 셰프가 준 물에서 유기 게르마늄 성분까지 나왔습니다."

"유기 게르마늄?"

피펜이 소스라쳤다.

"우리가 그렇게 애쓰던 맛의 증폭법의 해답이 될 것 같습니다. 우리는 원료 구성에서만 답을 찾았는데 뜻밖에도 셰프의 물속에 답이 있었습니다. 물속의 기 성분이 기막힌 촉매 역할을 하더군요."

연구원이 실험 데이터를 내밀었다. 해초의 활성화 자료였다. 민규의 초자연수에서 최고의 지표를 내고 있었다. 식물성 단백질의 데이터도 상향이었다. 그들이 지금까지 얻었던 자료보다 훨씬 상향된 새우 맛이었다.

"결론적으로 우리 연구진은 이 물 성분과 최대한 유사한 수원(水原)을 공급받아 해초와 식물성 단백질의 세척, 숙성, 반

죽 단계마다 사용하면 현재 완성품 대비 8%의 맛 향상을 도
모할 수 있다는 의견 일치를 보았음을 보고드립니다."

"......!"

"셰프."

연구원은 민규에게 뜨거운 신뢰를 보내주었다.

"솔직히 믿지 않았지만 당신의 물 마법, 최고입니다!"

"땡큐!"

민규가 답했다. 첨단 과학자들의 인정을 받는다는 거 유쾌
한 일이었다.

즉석에서 자문 변호사가 호출되었다. 민규와 피펜의 정식
계약이 체결되었다.

총 매출의 0.5%에 해당하는 물 기술 사용료를 매 분기의 말일
에 달러화로 입금함.

로얄티 조건의 핵심이었다.

"셰프."

피펜이 악수를 청하며 말을 이었다.

"고맙습니다. 당신이 내 퍼즐을 제대로 완성시켜 주었군요."

"보잘것없는 재주, 높이 사주시니 고맙습니다."

민규가 그 손을 잡았다. 어쩌면 가짜새우처럼 추상적이던
민규의 초자연수. 그 초자연수가 실증주의의 땅 미국에서 엄

청난 성과를 올리는 날이었다.

이날 시식 요리에 대한 보수는 10만 불로 책정되었다. 한화로 무려 1억 800여만 원이었다. 피펜이 원래 책정한 비용은 경비 제공 외에 5만 불. 최상의 결과가 나오자 통 크게 질러 버린 것이다.

―으악, 형 기다려 봐. 환율 계산 좀 해볼게.

민규의 전화를 받은 종규가 자지러졌다.

"가게 잘 지켜라."

당부를 주고 전화를 끊었다. 호텔이 코앞이었다.

"고맙습니다."

차를 태워준 케이티에게 인사를 하고 차에서 내렸다. 피펜이 저녁 식사를 하자고 했지만 할 일이 있었다. 내일 이벤트에 대한 점검과 함께 한인 마트를 다녀와야 했다.

식재료를 챙겨오긴 했지만 더 좋은 게 있다면 좋을 일이다. 다다익선 아닌가? 게다가 미국 한인 시장의 식료품도 궁금하던 차였다.

"706, Please."

호텔 리셉션 데스크에서 키를 찾을 때였다. 창가에 놓인 휴게 소파에 낯익은 얼굴이 보였다.

'황징위?'

그가 손을 흔들었다. 놀란 민규 동작이 멈췄다. 그도 이 호텔에 묵고 있는 건가?

"셰프."

"여기 묵으십니까?"

민규가 다가가 물었다.

"우리 집은 브루클린 쪽입니다. 피펜의 말이 셰프께서 여기 묵고 계시다기에 가는 길에 인사나 제대로 전할까 해서… 아, 혹시 중국어 가능하십니까?"

"이띠엔띠엔!"

조금 안다고 대답했다.

"반갑군요. 대개 영어는 해도 중국어는 못하는 사람들이 많은데……."

"중국 역시 요리의 나라 아닙니까? 중국을 빼면 세계 요리가 심심해지지요."

"셰셰, 바쁘지 않으시면 잠깐 앉으시지요."

"아, 예……."

민규가 황징위 앞에 자리를 잡았다.

"비행기에서는 고마웠습니다. 나아가 좀 부끄럽기도 하군요. 제가 소란을 피운 거 들으셨습니까?"

"아닙니다. 저는 헤드셋으로 영화를 보고 있어서……."

살짝 둘러대는 민규.

"위로하지 않으셔도 됩니다. 물을 보내셨으니 당연히 들으셨겠지요."

"……."

"실은 제가 에어컨 과민성 대장 증상이 있습니다. 그래서 서비스가 좋은 일등석이나 프레스티지석을 예약하는데 그날은 스케줄 변경 때문인지 좌석이 차는 바람에……."

"예……."

"돌아보니 셰프와 만날 인연이었나 봅니다. 사실 한국 스케줄이 갑자기 꼬였거든요. 그러다가 피펜 쪽 아이디어가 재미날 것 같아서……."

"플랜츠새우에 투자하기로 했다고 들었습니다."

"당신 때문이죠. 원래는 중국 시장에서 안 통할 거 같아서 구경만 하고 돌아가 우리 제품을 만드는 아이디어를 구할 생각이었죠."

'중국 제품?'

민규 등짝에 소름이 맺혀왔다. 요즘 중국은 한다면 하기 때문이었다.

"그런데 맛을 보니 아직은 우리가 따라잡기 어렵겠더군요. 몇 년 거래를 하면서 기술이전을 받아 공장을 세우는 게 낫다고 판단했습니다. 그때까지는 푼돈이나 만져야겠죠."

"솔직해서 좋군요?"

"당신 요리의 콘셉트 아니었습니까? 다 까고 간다."

"그럼 에어콘 과민성 대장 고친 걸 위안으로 삼으십시오."

"제 과민성 대장 증상 말입니까?"

"아까 새우를 먹은 후로 좀 나아지지 않았나요?"

민규가 은근한 언질을 주었다.

"응? 그러고 보니……?"

황징위가 고개를 들었다. 호텔로 오는 과정을 더듬었다. 택시를 탔었다. 자료를 찾느라 에어콘은 신경 쓰지 않았다. 하지만 에어콘은 빵빵하게 나오고 있었다. 서류가 증거였다. 에어콘 바람에 날려 바닥에 떨어졌던 것이다. 결론인즉 에어컨이 나왔다. 그런데도 배가 아프지 않았다.

"셰프?"

황징위의 이마에 선뜩한 한기가 스쳐 갔다.

"한 가지 더 알려 드리죠. 당신은 이제 볼빅만 마시지 않아도 됩니다. 비위도 함께 좋아졌으니까요."

"……!"

2. 꽃피우고 살찌우니

　"혹시 체질론을 믿으십니까?"

　"체질론? 황제내경에 나오는 내용들 말입니까? 남녀노소, 비수흑백, 음양에 대한 체질과, 오행에 대한 체질로 음성양허형(陰盛陽虛)이니 양성음허(陽盛陰虛)니 하는 것 말입니까?"

　"거기서 조금 더 구체화된 것이 있지요. 저는 중국과 한국의 체질론을 망라해 여섯 체질로 나누고 체질 안의 건강 상태에 따라 요리를 적용합니다."

　"그게 가능합니까?"

　"당신은 이미 두 번 경험했습니다."

　"두 번?"

황징위의 눈이 번쩍 떠졌다. 그의 뇌리에 스쳐 가는 게 있었다. 한 번은 비행기, 또 한 번은 피펜의 OS였다.

"잠깐, 조금 더 자세하게 설명해 주시겠습니까?"

황징위가 자세를 고쳐 앉았다.

"제 기준에 의하면 당신은 金형 체질입니다. 신맛이 약이 되는 체질이지만 굽거나 태운 것, 쌉쌀한 맛을 선호하죠. 그 식생을 어기며 살아온 덕분에 폐대장의 허실을 초래해 대장에 탈이 난 것입니다. 앞으로는 흰색 먹거리와 매운맛을 많이 즐기세요. 제가 잠깐 막아놨지만 식생이 오행을 어기면 다시 재발할 겁니다."

"셰프."

"코가 종종 좋지 않죠? 몸에서 냄새도 조금 나실 테고⋯ 주의하지 않으면 심장에 문제가 올 수도 있습니다."

"⋯⋯!"

"주제넘은 말은 다 했습니다. 감사 인사도 이미 충분히 하셨고요."

"아, 아닙니다. 듣고 보니 인사가 문제가 아니군요. 정말 체질에 맞춘 요리를 하실 수 있으시다?"

"맛으로 먹고 건강도 챙기고. 제 요리의 신념입니다."

"인종과 나이, 성별에 구분 없이 말입니까?"

"예."

"어떻게 말입니까? 구체적으로 들을 수 있을까요?"

"실례보다 실증이 우선 아닐까요? 저는 이미 당신의 과민성 대장 증상을 없애주었습니다만."

"그 외에?"

"혹시 과거 식의나 식치에 대한 이해가 있으십니까?"

"그거야……."

"아까 먹은 플랜츠새우에 비교해서 말씀드릴까요? 의학이 진짜 새우라면 제 식치는 플랜츠새우 정도는 됩니다."

"……!"

황징위 뇌리에 벼락이 스쳐 갔다. 까탈스러운 자신의 위. 집을 나서면 아무 물이나 마시기 힘들었다. 에어컨 바람을 쐬면 바로 아랫배에서 밀어내기를 하자는 신호가 왔다. 그렇기에 장거리 여행에서는 담요로 배를 둘둘 말아야 했다. 그렇다고 젊은 나이에 복대를 찰 수도 없었던 것이다.

그 고질을 소리 소문도 없이 없애 버린 이 셰프…….

"죄송하지만 셰프, 직접 겪은 것 같은데도 믿기 어렵군요."

"믿지 않으셔도 됩니다. 강요할 일은 아니니까요."

"아닙니다. 죄송하지만 그 식치를 한 번만 더 보여주실 수 있겠습니까?"

"저도 죄송하지만 다른 일정이 바쁩니다. 그리고 증명으로써의 요리는 달갑지 않습니다."

칼처럼 선을 그었다. 미국까지 날아와서 입증에 입증을 더하고 싶은 마음은 없었다.

"셰프, 이해를 바랍니다. 제가 직접 겪었다지만 부지불식간에 일어난 일입니다. 게다가 한 번 더 확인하고 싶은 건 그들이 제 아이와 아내라서……."

"아이와 아내라고요?"

"저도 그렇지만 와이프가 굉장히 약골입니다. 그래서 그런지 우리 아이가 소아암에 걸렸다가 겨우 완치가 되었습니다. 하지만 머리가 이 모양이 되었죠."

황징위가 핸드폰 파일을 열었다. 세 살 여자아이와 중국인 아내. 아내는 대나무처럼 깡마른 체형이었다.

"따님은 신장암이었군요?"

"예? 그걸 어떻게?"

황징위는 또 한 번의 충격을 먹었다. 단지 사진만 보여주었다. 그런데 병명을 짚어낸 것이다. 하지만 민규로서는 별문제가 아니었다. 화면으로 상지수창을 읽어낸 것. 아이는 신장 부근의 혼탁이 굉장히 진했다.

체질 유형—水형.
간담장—허약.
심소장—양호.
비위장—허약.
폐대장—허약.
신방광—병약.

포삼초―양호.

미각 등급―B.

섭취 취향―平食.

소화 능력―B.

상지수창으로 리딩한 체질이었다. 신장이 약해 간에 영향을 주었고 그 대미지가 상극의 비장을 쳤다. 비장이 다시 신장을 쳤으니 몸이 견디지 못해 암이 생긴 것이다.

신장과 비장은 아직 정상이 아니었다. 그렇기에 정수리탈모였다. 신장과 비장이 약하면 정수리에 탈모가 올 수 있었다.

"이런 건 안 되겠죠? 사실 중국 본토의 명의들까지 다 알아보고 시도해 보았습니다만."

"……"

"셰프."

"됩니다!"

민규가 잘라 말했다. 그 말이 또 한 번 황징위의 뒤통수를 후려쳤다.

"셰프, 탈모는……"

"따로 일이 있어 다른 이벤트 부담은 만들고 싶지 않았지만 우리도 보통 인연은 아닌 것 같아 요리를 해드리겠습니다. 마침 제가 가져온 식재료가 있으니 가서 따님을 데려오십시오."

"당장 된다는 겁니까?"

"그럼 한 십 년쯤 걸리기를 바랍니까?"

"셰프……."

"잠깐만요."

민규가 돌아섰다. 객실로 올라와 생수병을 꺼냈다. 그 안에 '증기수'를 소환했다. 머리털을 자라게 하는, 머리에 윤기를 주는 초자연수였다.

"가셔서 바로 이 물을 마시게 하세요. 너무 오래 두면 안 됩니다. 나는 준비를 하고 있을 테니 여기 호텔 주방으로 오시면 됩니다. 피펜의 배려로 주방 사용권을 얻었거든요."

"셰프."

"따님의 머리카락을 보고 싶거든 서두르세요."

민규가 돌아섰다.

황당해하던 황징위, 민규가 건네준 물을 보더니 벌떡 일어섰다. 현관을 나온 그는 서둘러 택시에 올랐다.

민규는 호텔 주방으로 향했다. 아이는 수형. 어울리는 요리 한 접시를 해야 할 판이었다. 식재료를 뒤져 황률과 쥐눈이콩, 단호박 말린 것, 계피가루, 호두, 꿀, 고구마, 체리를 골랐다.

쥐눈이콩은 탈모에 좋다. 밤과 계피는 수형 체질의 신장 기능 향상에 좋았고 호박은 비장을 도울 수 있었다. 은행은 심장을 위한 보조였다. 정수리의 탈모는 신장과 비장이 중요하지만 머리카락 자체는 심장이 주관하는 까닭이었다.

재료는 완벽했다. 여덟 가지 판별력을 동원해 확보한 식재료들. 그나마 사이사이 끼어 있던 쭉정이나 허접한 것들까지 골라내고 진액이 빵빵한 것만 가져왔기에 더 손볼 것은 없었다. 양은 넉넉하게 준비했다.

"한 시간 후에 가겠습니다."

황징위의 전화가 왔다. 물은 벌써 다 마셨다고 했다.

'한 시간이라······.'

충분했다.

깐 호두알을 소환된 증기수에 담갔다. 머리는 몸의 말단이니 말단의 질병에 도움이 되는 천리수도 한 방울 더했다. 콩도 그 물에 불리고 은행알도 잠시 물맛을 보였다.

─율란.

민규가 만드는 요리였다. 율란은 밤과 잣, 계피가루와 꿀이 필요하다. 원래는 황해도 지역에서 즐기던 향토 음식이었다. 황률을 가루 내어 꿀로 반죽한 후에 다시 밤 모양으로 빚어낸다. 이렇게 쪄내면 계피 향에 더해지는 밤과 잣의 고소함으로 영양과 맛을 다 잡을 수 있는 요리였다. 민규의 레시피는 원방에 약간의 변형을 주었다.

말린 밤과 호박줄기, 호두를 갈아 가루를 낸 후에 역시 가루가 된 콩과 1 : 1 : 1 : 1 비율로 꿀에 섞어 반죽을 했다. 모양은 한입 크기의 별 네 개와 삼각형 다섯 개를 빚어냈다. 율란을 찔 때 고구마도 함께 안쳤다. 그것들이 익어가는 사이에 체리를 썰어 건조기에 넣었다. 남은 시간에 호두를 구워 가루를 내고 은행알을 실채로 썰었다. 연두빛 은행 채는 마치 새 봄이 온 듯 싱그러운 색감이었다.

땡!

건조기의 타이머가 멈췄다. 빨간 체리가 빨갛게 말라 있었다. 믹서에 넣고 갈았더니 고운 빨간 가루가 나왔다. 체리는 생김새나 맛처럼 많은 효능을 가지고 있다. 빈혈을 막고 염증을 완화시키며 수면도 돕는다. 혈압을 조절하고 피로 회복과 피부 개선에 한몫을 하기도 한다.

하지만 오늘의 임무는 주인공인 율란을 부각시키는 백그라운드 용도였다. 고운 체리가루를 넓은 접시에 깔았다. 그런 다음 직사각형으로 모양을 잡았다.

단정하게 세팅된 빨간 직사각형 체리가루. 빨려들 듯한 진홍이었다.

"셰프, 저 도착했습니다."

황징위의 문자가 들어왔다. 그들은 레스토랑 테이블에 앉았다. 요리는 민규가 직접 내왔다. 황징위의 아내 장리린은 정말이지 대나무 몸매였다. 바람이 불면 갈대처럼 흔들릴 것 같았다.

"안녕?"

민규가 세 살 딸에게 인사를 했다.

"인사해야지?"

황징위의 아내가 딸에게 말했다. 딸은 엄마에게 찰싹 달라붙어 떨어지지 않았다. 아이는 모자를 쓰고 있었는데 모자 아래로 삐져나온 머리카락에도 윤기가 없었다.

"물은 다 먹었다고 했죠?"

요리 접시를 내려놓으며 황징위에게 물었다.

"가자마자 다 먹였습니다. 원래 물도 잘 안 먹는데 셰프의 물은 맛을 보더니 자기 손으로 잡고 먹더라고요."

황징위의 목소리는 이미 고무되어 있었다.

"수고했다. 그럼 이제 맛난 요리를 먹어볼까?"

아이와 시선을 맞추며 웃었다. 낯을 가리는 아이라 엄마 품만 파고들었다.

"이거 맛있는 물인데 한 모금 마셔봐."

물컵을 보여주자 아이가 엄마를 바라보았다.

"먹으면 몸에 힘이 날 거야. 여기하고 여기. 막 답답하지?"

자세를 낮춘 민규가 아이의 신장과 머리를 가리켰다. 물 냄새를 맡은 아이가 컵을 바라보았다. 본능적으로 당기는 것이다.

"아!"

민규가 물컵의 빨대를 입에 대주었다. 아이는 앙다문 입을 살며시 열었다. 유치원 편식 교정으로 다져진 내공의 작렬이었다. 한 모금 맛을 본 아이가 물컵을 두 손으로 잡았다. 마음에 든다는 표정이었다. 몇 모금 마시더니 민규의 칭찬이라도 받으려는 듯 배시시 웃었다.

"잘했어."

민규가 격려를 주자 아이가 엄마 품에서 벗어났다. 이제는 민규의 페이스였다.

"자, 이 안에는 무엇이 들었을까요? 케이크? 아이스크림? 한 번 열어볼래?"

오픈의 영광을 아이에게 주었다. 이미 호기심이 발동한 아이, 까치발로 일어나 뚜껑을 열었다.

"아!"

아이보다 황징위와 아내의 감탄이 먼저였다. 요리가 궁금해 곁눈질을 하던 웨이터들도 함께 놀랐다.

"엄마!"

아이는 요리를 가리킨 채 벌어진 입을 다물지 못했다.

뚜껑 아래에서 드러난 건 오성홍기였다. 빨간 체리가루 위에 올려진 네 개의 별 모양 율란, 그리고 다섯 개 삼각 모양. 삼각 다섯은 각각의 모서리에서 연결되며 커다란 별 모양을 이루었다. 가운데 빈 중심에는 노란 애기국화 한 떨기가 피어 있었다. 나머지 네 별은 큰 별을 따라 포진했다. 큰 별 우측에 포진한 작은 별 네 개. 완벽한 오성홍기였다. 거기 포인트로 꽂힌 황금빛 국화 한 떨기의 재료는 찐 고구마였다. 노란 속살로 꽃을 빚어 포인트를 준 것.

그것 외에도 기막힌 포인트가 또 있었다. 별과 삼각형의 한 모서리에 묻은 가느다란 은행 채였다. 율란은 호두가루 겉옷을 입고 있었다. 전통 율란은 밤 모양의 바닥에 계피가루를 찍는다. 그럼 밤송이 같은 기분이 제대로 난다. 하지만 민규의 진짜 포인트는 계피가루가 아니라 은행이었다. 계피는 별의 다섯 모서리 중에 네 모서리에 묻혔지만 마지막 한 모서리에 은행 채를 묻혀 약선과 싱그러움을 동시에 구현한 것이다.

"엄마, 너무 예뻐요."

아이는 감정을 숨기지 못했다.

"어쩜, 이걸 어떻게 먹는대요?"

황징위의 아내도 안절부절이다. 웨이터의 보고를 받은 주방 장이 달려왔다.

"와우, 원더풀!"

그 역시 찬사를 아끼지 않았다. 하지만 민규에게 중요한 건 찬사가 아니었다. 이것은 약선요리. 약선요리는 폼이나 잡는 장식용 요리가 아니기 때문이었다.

"아!"

인증샷을 찍은 황징위의 아내가 율란을 집어 들고 딸을 겨누었다. 율란이 그 입으로 들어갔다. 딸은 기다렸다는 듯이 받아먹었다.

우물우물.

어린 입은 쉴 새 없이 움직였다. 첫 율란이 아이 위장으로 내려갔다. 식도부터 위까지 꽃길이 되었다. 환희와 열락으로 피어나는 꽃몽우리의 천국.

그 길에 핀 맛은 고소함의 극치였다. 밤의 푸근함에 말린 호박의 달콤함, 그 뒤에 따라붙는 쥐눈이콩의 고소함과 호두 맛의 폭발. 식감은 또 어떤가? 꿀에 개어진 반죽은 아이가 물면 초콜릿처럼 부드럽게 녹아들었으니 혈관을 따라 쾌속으로 번져갔다. 오장육부에서 머리까지, 결국 정수리에 닿자 머리가 근질거렸다. 아이 손이 모자 위를 짚었다. 살며시 긁어댄다. 그대로 두었다. 제 머리에 피는 꽃이니 주인은 만질 자격이 있었다.

이윽고 접시에서 삼각형이 사라졌다. 별도 사라졌다.

"세상에, 우리 한나가 이렇게 잘 먹네요?"

아내는 차마 울기 직전이다. 병약한 어린 딸이 복스럽게 먹는 모습. 그 어떤 부모가 무관심할 수 있을까?

"하나는 집에 가져가서 먹을래요."

별 하나가 남게 되자 아이가 볼을 붉혔다. 아까운 것이다. 아까운 건 아꼈다가 먹고 싶을 때가 많다. 그게 아이들이다.

"걱정 말고 먹어. 한 접시 더 만들어줄 테니까."

"정말요?"

"그럼, 약속!"

민규가 손가락을 걸었다.

"와아."

확인이 끝나자 아이는 엄마보다 빨리 별을 집었다. 맨손이었다. 누가 뺏을까 봐 재빨리 입에 넣었다. 그걸 우물거리며 환하게 웃었다. 모두가 그 미소에 감염되었다.

민규가 다시 돌아왔을 때 황징위와 아내는 행복에 겨운 얼굴이었다. 둘은 아이의 탈모를 영영 잊은 듯했다. 아이가 이토록 잘 먹는 모습은 거의 처음이었던 것이다.

"셰프."

황징위의 목소리는 율란처럼 부드러워진 지 오래였다.

"똑같은 구성입니다. 저녁에라도 먹이도록 하세요."

"이거 정말 거푸 죄송하기 그지없습니다. 셰프는 볼 때마다 다른 모습입니다. 이런 요리라니……."

"요리에 취하시면 안 되죠. 목적이 있는 약선요리 아닙니까?"

"탈모야 하루 이틀에 치료가 되겠습니까? 오늘은 아이가 잘 먹은 모습만으로도 충분히 행복합니다."

"저도 그래요, 셰프."

그의 아내가 공감을 표했다.

"그건 두 분 생각이고 제 생각은 다릅니다. 이제 아이 모자를 벗겨보시죠."

민규가 두 사람을 바라보았다.

"모자를요?"

"조금은 달라졌을 겁니다. 정수리의 탈모……."

"셰프!"

"아니면 제가 벗겨 드릴까요?"

민규가 아이에게 다가섰다. 아이는 순진한 시선으로 민규를 보고 있었다.

"모자 좀 벗어볼까?"

그 말과 함께 민규 손이 움직였다. 이윽고 작은 모자가 허공으로 올라갔다.

"악!"

아내 입에서 비명이 나왔다. 황정위의 시선에도 격렬한 지진이 엿보였다.

"맙소사!"

아내가 딸의 두 볼을 잡았다. 그녀는 보았다. 딸의 정수리. 가운데가 텅 비어 속을 후벼 파던 아픔. 그래서 검은 칠이라도 해주고 싶던 그 자리. 그 자리에 뽀송한 솜털들이 작은 꽃밭을 이루고 있었다. 머리카락이 아니라 꽃이었다. 꽃.

"셰프……."

민규를 부르는 아내의 목소리가 한없이 떨렸다. 민규도 머리카락을 보았다.

"좋네요. 율란의 레시피를 드릴 테니 세 달만 꾸준히 해 먹이도록 하세요. 재료도 특별하지 않고 만들기도 어렵지 않거든요. 제가 해드리면 효과가 더 좋겠지만 저는 다른 볼일을 본 후에 한국으로 가야 해서요."

"셰프……."

아내의 눈에서 눈물이 아롱져 나왔다. 민규는 못 본 척 테이블을 정리했다. 웨이터들이 해주겠다고 했지만 이건 예의였다. 남의 주방과 테이블을 빌려 쓴 예의……

달그락!

셰프의 설거지.

나쁘지 않았다. 설거지도 요리의 일부분이다.

뽀드득!

마무리 물기를 제거할 때 접시가 행복한 소리를 냈다.

＊　　　　＊　　　　＊

"셰프!"

황징위가 손을 흔들었다. 부부는 창가 테이블에서 차를 마시고 있었다. 민규가 내준 약선차였다. 아이는 잠이 들었다. 새근새근이었다.

"우리 한나 얼굴 좀 보세요. 아주 생기가 돕니다."

황징위가 아이의 이마를 쓸었다.

"신장과 비장이 좋아지면 혈색도 좋아지지요."

민규가 웃었다.

"여보, 당신이 직접 말씀드려."

황징위가 아내를 바라보았다. 주저하던 장리린이 말문을 열었다.

"아까 이이가 그랬어요. 셰프께서 제 고민도 해결해 줄 수 있다고 했다고."

"그랬습니다."

"제가 정말 살이 찔 수 있을까요?"

"가능합니다."

"이거 제 사진이에요."

장리린이 핸드폰을 보여주었다. 결혼 직전의 사진이었다. 놀랍게도 비키니 차림이었다. 높은 파도를 타는 그녀는 수준급의 서퍼로 보였다. 검게 그을린 피부와 알맞은 근육이 보기에 좋았다.

"결혼 전에 서핑을 좋아했어요. 필리핀부터 호주까지 가보지 않은 곳이 없었죠."

그녀의 시선이 먼 과거로 달려갔다. 그 눈동자에 파도가 치고 있었다. 갈매기도 울었다. 파도와 노니는 그녀의 몸매는 균형이 제대로 잡혔다. 누가 봐도 부러운 몸매였다. 그런데 지금은… 오간 데 없이 마른 대꼬챙이 한 그루가 서 있다.

"한나, 이 아이를 갖기 전에 다른 아이를 가졌었어요. 그때 마카오의 친정에 다녀오다 비행기 사고가 났지요. 돌연한 기상악화로 우박이 쏟아져 비행기가 위험에 빠졌어요. 그 충격으로 아이를 사산했고, 이후로 심한 우울증에 빠졌어요. 식음을 전폐하다시피 하면서 치료를 받았고 그때부터 살이 빠지기 시작했어요."

'아……'

"우울증에서 저를 구한 게 우리 한나죠. 새 생명을 잉태하니 용기가 났어요. 이 아이는 절대 잃으면 안 되겠다 싶었죠."

"……."

"한나를 낳으면서 삶의 희망은 찾았지만 살은 돌아오지 않았어요. 전미 스키니 협회와 중국과 홍콩의 수구(瘦軀)협회 활동까지 하면서 살찌는 방법을 찾았지만 결국 실패. 하는 수 없이 사교 활동까지 접어야 했어요. 이제 한나의 고민까지 해결되면 서핑을 가르치고 싶은데… 근력도 약하고 몸은 뻣뻣하고……."

장리린이 자기 팔목을 내려다보았다. 서핑은 기술만으로 되는 게 아니다. 근력이 필요하다. 잔잔한 파도에서 노는 정도라면 상관없지만 그녀는 수준급의 서퍼였던 것이다.

"이게 전에 제가 입던 비키니인데……."

화면이 넘어갔다. 단정한 초록 비키니가 보였다.

"이걸 다시 입는 게 소원이에요. 가능… 할까요?"

장리린의 시선이 민규를 겨누었다. 대꼬챙이처럼 마른 여자. 그녀가 원하는 건 비키니.

비키니 입기.

보통은 살찐 여자들이 하는 고민이다. 하지만 살이 너무 없어도 고민이 되기는 마찬가지였다.

"제 답은 이미 말씀드렸습니다."

민규의 표정은 변하지 않았다.

"그렇다면 셰프, 저도 우리 한나처럼 셰프의 요리로 도와주세요. 그동안 음식 요법을 써보지 않은 건 아니지만 당신이라면 다시 시도하고 싶네요. 몇 달이 걸려도 좋아요, 아니, 몇 년이 걸려도……."

"죄송하지만 제 약선요리라면 그렇게 오래 걸리지 않습니다."

"오래 걸리지 않는다고요?"

"이틀이면 됩니다. 오늘과 내일."

"셰프!"

장리린의 목소리가 올라갔다. 황징위도 놀란 입을 다물지 못했다. 탈모의 기적은 이미 보았다. 하지만 이건 살이었다. 살이 그렇게 찌고 빠질 수 있단 말인가?

"이틀, 제 말은 이틀 후부터 그 비키니를 입을 수 있다는 게 아닙니다. 당신의 체중이 늘기 시작하는 임계점을 뜻하는 거죠. 비만이든 야윔이든 임계점 깨기가 어렵습니다. 그것만 깨면 체중은 플러스든 마이너스든 이동이 가능합니다."

"아."

"그럼 시작할까요?"

"지금 당장요?"

"미룰 거 없잖습니까? 하지만 따님보다는 좀 더 수고를 하셔야 합니다."

"그건 문제없어요. 평화는 폭풍 뒤에 오는 거니까요."

"잠깐만요."

민규가 돌아섰다. 주방에서 생수 제조를 했다. 작은 컵에는 반천하수를 소환하며 그녀의 상지수창을 복기했다.

살(肉).

피, 육, 맥, 근, 골, 모는 몸을 구성하는 여섯 가지 핵심이다. 오장육부처럼 어느 것 하나 모자라거나 더해도 안 된다. 살은 더욱 그렇다. 인간의 외향을 결정짓는 요소기 때문이었다.

살의 건강을 주관하는 장부는 비장이다. 비장이 비실거리면 살도 건강할 수 없다. 비장의 측면에서 비만을 보자면 살의 볼륨이 많아진 게 아니라 비장의 기가 순환하지 못해 부은 것이다. 지나치게 마른 경우도 역시 기가 대미지를 받은 것이다.

장리린의 경우에는 경고등이 켜진 상태였다. 야위는 것도 단계가 있는데 뼈에 피부를 살짝 발라놓은 듯한 정도로 야위게 되면 돌이킬 수 없다. 여기서 조금 더 빠지거나 귀까지 어두워지면 레드카드가 날아온다. 목숨이 위험해지는 것이다.

살이 빠지는 병의 하나로 식역증(食㑊症)이 꼽힌다. 식사도 잘하고 많이 먹는 편인데도 살이 빠지는 증상이다. 대장과 위장이 함께 병든 것이다. 식역증에 걸리면 과열량 칼로리로 과식을 해도 살이 찌지 않는다. 칼로리를 흡수하지 못하기 때문이다. 그녀가 이 병이었다. 하지만 거기 혹 하나가 더 붙은 것 같았다.

'육위증(肉痿證)······.'

이 전채(?)는 그녀의 육위증 확인을 위한 요리였다. 육위증은 비장의 과열로 인해 위의 진액이 마른 상태를 말한다. 현대 의학으로 진단이 되지 않는다. 이 병이 오면 갈증에 더해 살이 뻣뻣해진다. 몸도 뻣뻣해진다. 몸의 중심인 위가 말라 쪼그라드니 도리가 없는 것이다.

장리린의 위장과 비장의 수막창은 혼탁했다. 특별히 위장이 그랬다. 그렇기에 상지수, 즉 몸 안을 들여다볼 수 있다는 반천하수를 이용해 확인하려는 민규였다.

"이 물을 먼저 드시죠. 살을 찌우기 위한 약선요리의 전채입니다."

"한나처럼요?"

반천하수를 받아 든 그녀가 웃었다. 그녀가 물을 들이켰다.

"······!"

그걸 보던 민규가 움찔 흔들렸다. 반천하수의 기가 목을 타고 내려가는 게 보인 것이다. 과연 신묘한 물 반천하수였다.

'젠장.'

경이로움도 잠시, 바로 탄식이 흘러나왔다. 그녀의 위는 고목나무처럼 진액이 말라붙어 있었다. 덕지덕지 심각했다.

"한 잔 더."

반천하수를 한 잔 더 내밀었다. 그 물이 들어가자 눌어붙은 진액 찌꺼기가 살짝 녹아났다.

'갈아엎어야겠군.'

결론이 나왔다. 그대로 진행해서는 약선이고 나발이고 잘 흡수될 리가 없었다. 그러니 위에 말라붙은 진액의 찌꺼기부터 청소하는 게 급선무였다.

다시 주방으로 돌아가 큰 페트병을 준비했다. 이번에는 순류수였으니 부드럽게 위를 불려 찌꺼기를 토하게 할 생각이었다.

"이제 이 물을 마셔야 합니다. 한 번에 세 컵씩 세 번에 나누어 먹으면 여덟 번을 토하게 될 겁니다."

"토한다고요?"

거기서 장리린의 표정이 굳었다. 민규가 설명을 할 차례였다. 약선은 요리지만 동시에 약. 그렇다면 환자의 공감이 필요했다.

"가끔 위가 땡기죠?"

"네."

"속도 타는 것 같고요."

"예."

"몸이 뻣뻣한 게 그것 때문입니다. 육위증이라고 하는데 비장의 열이 위를 쳐서 위의 진액을 말려 버린 거죠. 모르긴 해도 당신의 위는 지금 이런 상황일 겁니다."

민규가 사진 한 장으로 띄워주었다. 가뭄으로 쩍쩍 갈라진 논바닥이었다.

"하지만 위는 별문제가 없다고……."

"진액이나 정기 같은 건 현대 의학에서 찾아낼 수 없습니다. 병원에서 아니라고 해도 당신이 알지요. 애로가 있지 않습니까?"

"그건 맞아요."

"여덟 번을 토하는 건 위의 길이가 2자 6치, 대략 80㎝이기 때문입니다. 토함으로써 메마른 위를 처음부터 끝까지 뒤집어 엎는 거죠. 마른땅에는 그 어떤 씨를 뿌려도 발아가 되지 않기 때문입니다."

물을 내밀며 민규가 말을 이었다.

"그 물은 토하는 약수이니 크게 힘들지 않을 겁니다. 위의 종기(宗氣)를 만들고 막혀 버린 기의 순환을 활성화하려면 꼭 필요하니 반드시 여덟 번으로 토하시기 바랍니다."

"여덟 번이나?"

장리린의 시선이 큰 페트병으로 옮겨갔다. 이걸 다 마셔야 한다. 그냥 마시는 것도 부담스러울 판에 여덟 번이나 토해야 했다. 그때 한나가 슬그머니 엄마 손을 당겼다. 그러자 장리린의 두려움이 사라졌다. 한나도 한 일이었다. 더구나 그녀는 엄마였다. 아이에게 더 많은 걸 해주고 싶은 엄마…….

벌컥벌컥!

순류수의 첫 잔을 비워냈다.

"……?"

그녀가 빈 잔을 바라보았다.

"왜?"

황징위가 물었다.

"물맛이 좋아요. 난 메슥거릴 줄 알고 잔뜩 겁먹었는데?"

"셰프의 물이잖아."

황징위가 그녀를 격려했다. 두 잔을 더 마시자 신호가 왔다.

"웁!"

양 볼이 개구리 혹처럼 볼록 불어난 그녀가 화장실로 달렸다.

촤아아!

변기에 위액을 쏟았다. 처음에는 그저 물 같은 액체가 나왔다. 그 일이 반복되었다. 순류수를 마시고 토하고, 마시고 토하고… 그러다 일곱 번째……

"……!"

토사물을 본 그녀가 소스라쳤다. 일곱 번째 위액은 굉장히 탁하게 보였다. 하지만 그건 여덟 번째 위액에 비하면 예고편에 불과했다.

"여보!"

장리린이 비명을 질렀다. 여자 화장실 밖에 있던 황징위가 안으로 뛰어들었다.

"왜 그래?"

"이것 좀……."

장리린이 변기를 가리켰다.

"……?"

그걸 본 황징위도 같이 뒤집어졌다. 마지막 여덟 번째 토사물. 그건 찐득하게 말라붙은 찌꺼기들이 불어 터져 쓸려 나온 불순물이었다.

"상한 진액들입니다."

뒤이어 온 민규가 답을 주었다. 찌꺼기를 밀어낸 그녀의 위장은 한결 투명해 보였다.

"이제 속이 좀 시원하시죠?"

"네, 몸도 가뜬한 것 같고요."

장리린의 표정이 환하게 펴졌다.

"이제 이 물을 드십시오. 몇 시간 내로 다 나눠 드셔야 합니다. 살을 찌우는 약선요리는 내일 아침에 모시겠습니다."

세 번째로 준비한 건 마비탕과 취나물 두어 줄기였다. 마비탕은 음양기혈의 부족으로 생긴 위와 비장의 열을 내리고 기혈을 북돋을 준비를 위해 필요했다. 취나물은 한국에서 삶아서 공수해 온 것. 그녀에게 확인시킬 일이 있었으니 함께 필요한 레몬 한 쪽도 따로 준비했다. 그게 전채(?)의 마지막이었다.

"신맛 마니아죠?"

마비탕을 건네주며 물었다.

"네, 특히 신맛을 좋아해서 레몬도 그냥 물어뜯을 정도로 좋아해요."

"이제부터는 신맛을 줄이세요. 매운맛도 당분간 자제해야 합니다."

"어머, 매운맛도요?"

"예. 그동안 신맛 식성이 너무 과했습니다. 이제부터는 쓴맛에 단맛, 향내 나는 맛을 즐기세요. 그동안의 식습관 때문에 신맛이 땡기겠지만 살이 제대로 붙을 때까지는 매운맛과 더불어 최소한으로 줄여야 합니다."

"하지만 저는 그 두 가지 맛이 잘 받는데……."

"오랫동안 습관이 되다 보니 그렇게 된 겁니다. 보통 나물 종류 채소를 먹을 때 몇 번 정도 씹고 넘기나요?"

"한 열 번 정도?"

"이거 먹어보세요. 대신 30번 정도 저작하시기 바랍니다."

민규가 취나물을 내밀었다. 장리린이 얌전히 지시에 따랐다.

우물우물!

그녀는 오래 씹었다. 처음에는 밍밍한 표정을 지었다. 하지만 저작이 지속되는 동안 조금씩 펴져갔다.

"어떻습니까?"

"음… 처음에는 불편했는데 막상 목을 넘기고 보니 뒷맛이 좋은데요? 쌉쌀한 맛에 묻어오는 알큰한 향……."

"이번에는 좋아하는 레몬입니다. 역시 한입 물고 서른 번 씹어보세요."

와작!

장리린이 레몬을 베어 물었다. 마니아답게 절반이었다. 보는 민규 입에도 침이 흐르지만 그녀는 행복한 표정이었다. 하지만 그 표정을 반대로 변해갔다. 서른 번 가까이 씹자 인상이 구겨지기 시작한 것이다.

"어때요?"

"써요. 처음의 상큼함과 달리 불쾌하고요."

"바로 그겁니다. 당신의 몸은 신맛보다 단맛, 향이 나는 음식을 원하거든요."

민규의 설명이 이어졌다.

"신맛에도 두 가지가 있으니 약한 신맛은 문제가 없습니다. 약한 신맛은 수렴을 하거든요. 몸의 정기와 진액 등을 조이고 닫아줍니다. 하지만 신맛이 정도를 넘으면 반대 작용을 하게 되지요. 뚫고 녹여 버립니다. 오행으로 치면 목극토라는 건데 목에 해당되는 간장의 신맛이 성하면 토에 해당하는 비장이 상하게 됩니다."

"아!"

"매운맛도 같은 맥락입니다. 매운맛 역시 몸의 구멍을 열어 버리거든요. 그 구멍으로 정기와 정혈이 새어나갑니다. 살도 함께 새어나가죠. 중국도 마찬가지겠지만 그런 이유로 보약을 먹을 때는 파, 마늘, 무에 더불어 식초를 가리라고 하는 겁니다. 몸에 들어오는 보약 성분이 빠져나가는 걸 막으려는 것이죠."

"어머."

그녀의 탄복과 함께 설명을 끝냈다. 다행히 그녀는 중의학에 대한 상식이 있었다. 그렇기에 민규의 말을 쉽게 알아들었다.

그런데 왜 매운 식재료의 대표인 고추는 위의 금기에서 빠져 있을까? 그건 동의보감이 저술되던 때에 고추가 대중화되지 않은 것이 이유가 될 수 있다. 고추의 전래에 대해서는 이견이 많지만 통상 임진왜란 즈음에 들어온 것으로 전하는 까닭이었다.

"가자마자 냉장고부터 뒤집어야겠네요."

장리린의 의지가 불처럼 타올랐다.

*   *   *

황징위 부부를 돌려보내고 호텔 테라스에 앉았다. 멀리 보이는 강물이 뉴욕의 동맥처럼 보였다. 좋은 강을 끼고 있는 도시는 비옥하다. 사람으로 치면 살집이 풍후한 것이다.

살······.

그 또한 음양의 조화였다. 많아도 탈, 모자라도 탈이다.

그렇다면 깡마른 사람이 살찌는 것과 고도비만인 사람이

살을 빼는 건 어떤 게 더 어려울까? 둘 다 어렵지만 민규에게는 전자가 더 어려운 편에 속했다.

체질 유형—土형.
비위장—병약.
폐대장—병약.
미각 등급—B.
섭취 취향—微食.
소화 능력—C.

민규가 기억하는 장리린의 상지수창이다. 그녀의 수막창은 과거의 사진과 조금 달랐다. 특히 섭취력이 그랬다. 몸에 이상이 오기 전에는 섭취 취향이 平食 이상이었다. 그러나 현재는 두 단계 낮은 미식. 이 또한 비위의 기능이 정상이 되면 제자리로 돌아갈 일이었다.

'암탉, 양고기, 자라, 붕어, 잣, 마, 토란, 보리, 부추, 참깨, 우유……'

체질을 생각하며 살찌는 식재료들을 적어나갔다. 이들 외에 오가피와 순무씨도 살을 찌운다. 잣 계열의 견과류에서는 호두와 연자육, 밤 등도 구멍을 막는 데 빠지지 않는 식품이었다.

재미난 건 미나리 역시 꾸준히 먹으면 살찌는 식품에 들어간다는 것. 반대로 살이 빠지는 식재료는 뭐가 있을까?

율무, 팥, 동아, 다시마, 쑥갓, 죽순, 곤약, 작설차 등이 꼽힌다.

메마른 위를 적시는 정기와 살을 주관하는 비장의 활성. 비위를 살리려면 심장의 화력도 높여야 했다. 맛으로 치면 쓴맛과 단맛의 연합이다.

한인 푸드마켓으로 향했다. 호텔에도 식자재가 많았지만 그건 서양요리 기준이었다. 민규 머릿속에 든 건 사실 장리린보다 내일 오후의 이벤트였다. 루이스 번하드가 알려온 이벤트 장소. 무려 미슐랭 별을 두 개까지 찍었던 식당이었던 것. 식재료는 그곳의 것을 써도 된다고 했지만 한국적인 식재료가 있다면 더 좋을 일. 한국에서 가져온 것 외에 뭐가 더 있을까 헌팅에 나서는 것이다.

"……!"

푸드마켓에 들어선 민규, 입이 쩌억 벌어졌다. 여기는 미국이 아니었다. 그냥 한국의 시장이었다. 아니, 온 세상의 푸드마켓이었다. 한국과 미국의 식재료는 물론, 일본과 중국, 스페인의 식재료까지 없는 게 없었다. 마에 토란, 곰취, 보리와 찹쌀은 물론 참깨와 잣, 밤에 연자육과 오가피, 하수오 등의 약재도 보였다.

'죽이는데?'

흐뭇한 마음으로 한 바퀴를 돌았다. 한국말로 아이쇼핑이었다. 식재료의 상태도 괜찮았다. 두 바퀴째부터 사냥에 나섰다.

대추!

그게 우선이었다. 대추는 많았다. 하지만 민규가 찾는 대추는 없었다. 필요한 건 생대추인데 보이는 건 전부 말린 대추였다. 생대추를 먹으면 자칫 설사를 한다. 하지만 쪄서 먹으면 장과 위를 돕고 기력을 올려준다. 살찌우는 아이템으로 딱 하나의 재료만 택하라면 대추가 될 판이었다.

결국 생대추를 만났다. 상점의 냉장고 안에 대추야자와 함께 들어 있었다.

'오!'

대추를 보자 눈이 휘둥그레졌다. 다섯 등급의 대추 중에서 상초 이상은 되었다. 특초나 별초에는 미치지 않지만 성분이 좋은 부분만 골라 쓰면 특초 부럽지 않을 일이었다.

그렇다고 대추만 달랑 산 것은 아니었다. 효과만 보여줄 생각은 없었다. 요리라면 적어도 보는 즐거움과 먹는 즐거움은 동시에 충족시켜야 했다. 그게 셰프의 존재 가치였다. 그 증명을 위해 마를 고르고, 곰취를 뒤지고, 대맥과 찹쌀, 토란, 양고기, 고구마, 곶감, 하수오, 오가피 등도 장바구니에 담았다. 한국 진품만큼의 약성은 아니었지만 푸드마켓에서는 최상의 것을 확보하는 민규였다.

전채.

―생마대추꿀병.

하얀 축복 같은 생마 중심에 꿀 한 방울을 톡. 그 위에 찐 대추살 채를 올리고 방울토마토 반 조각. 간단하지만 기를 보하고 비위를 건강하게 하며 살을 찌우는 구성이었다. 마가 보기(補氣)를 맡고 대추가 남은 임무를 수행한다. 시선을 잡아끌 토마토 한 조각은 심장 기능의 강화였다.

그 뒤로……

―약선타락죽.

타락죽의 중심은 우유다. 살을 찌우는 두 번째 아이템이 투하되는 것이다. 완성된 고소한 흰죽 위에 고명으로 갈아낸 참깨와 생밤채를 올린다. 참깨 역시 살을 찌우는 아이템. 그러나 참깨는 갈아 먹지 않으면 소화 흡수가 잘되지 않으니 갈아내야 한다. 우유와 어울리면 고소함의 핵폭발이니 입맛을 올리는 데도 찰떡궁합.

생밤은 단단한 견과류라 살이 새나가는 걸 조여 막아주는 동시에 하체를 강화하는 임무를 맡겼다.

이후부터는 약선요리와 궁중요리의 화려한 페스티벌이 이어진다.

―궁중찹쌀대추단자.

―약선토란화전.

―궁중달과.

─약선양고기편수만두.

마무리는…….

─약선하수오차와 감동 디저트.

재료를 확보하면서 민규의 구상은 끝났다. 몇 가지 준비를 마치고 침대 속으로 들어갔다.

개스트로미 T.

루이스 번하드를 만나게 될 장소였다. 궁금해서 검색해 봤더니 그 이름이 나왔다. 뉴욕의 식당가에서도 손에 꼽히는 곳이었다. 그러나 현재는 미슐랭 별이 없었다. 원래는 별 하나에서 두 개까지 받았던 곳. 그러나 셰프 램지 바카린이 그 별을 반납해 버렸다. 별 유지에 신경 쓰느라 개성을 잃고 손님에게 소홀해진다는 게 이유였다.

별 두 개의 반납.

셰프들에게는 꿈 위의 꿈이었다. 누가 감히 미슐랭의 별에서 자유로울 수 있단 말인가? 게다가 한 개도 아니고 두 개… 더 재미난 건 그가 평생 세 명의 스승을 가졌다는 일화였다. 스승 셋. 어쩌면 민규와도 닮은 꼴이었다. 민규 역시 세 스승을 가진 것과 다르지 않았다.

이윤.

권필.

정진도.

이제는 필살기까지 전해준 세 전생. 그들은 민규에게 자부심이 되었다. 그 자부심은 하나의 교훈을 주었다. 너의 먼 후생. 그를 생각하라. 그렇다면 이 재주로 누릴 생각 말고 더욱 정진하라. 너 또한 미래의 후생에게 도움이 될 수 있도록.

Yes.

민규가 또렷이 답했다. 무의식중에 이미, 그렇게 살고 있는 민규였다. 우연히 얻은 혜택이지만 세 전생에게 부끄럽고 싶지 않았다.

*　　　　*　　　　*

이른 아침, 민규가 호텔 주방으로 향했다. 새벽의 주방은 그나마 한가했다. 그래도 벌써 깨어 있는 사람들이 있었다.

"Good morning."

인사를 하고 구석 요리대로 향했다. 경건하게 요리복을 입었다. 민규의 몫으로 할당된 냉장고를 열고 요리 준비를 했다. 단 한 사람을 위한 요리. 그러나 그에게는 너무나 중요한 약선. 요리사에게는 행복한 일이었다. 누군가 내 요리를 기다리는 테이블이 있다는 것.

민규의 아침은 양지머리 육수로 시작되었다. 지장수와 요수의 소환, 그리고 정성과 시간을 더해놓았다. 육수는 구수하게 익어갔다.

'오셨군.'

식당 창가에 있던 민규 입가에 미소가 피었다. 황징위 패밀리의 등장이었다. 한나는 아이답게 깡충 뛰어내렸다. 아이들은 뭐든 그냥 하지 않는다. 에너지가 넘치기 때문이었다.

"셰프."

민규를 본 한나가 손을 흔들었다. 민규가 다가가 아이와 눈높이를 맞춰주었다.

"머리 좀 봐도 될까?"

민규가 물었다.

"Yes."

한나가 머리를 대주었다. 모자를 벗겨냈다. 솜털은 어제보다 더 진하게, 더 빼곡하게 올라오고 있었다.

"하루 사이에 엄청 많아졌어요."

장리린은 싱글벙글이었다.

"이제 당신 차례로군요."

민규가 그녀의 테이블을 가리켰다.

"너무 설레서 시간이 가지 않는 거 있죠?"

의자에 앉은 그녀는 소녀처럼 상기되어 있었다.

"맞습니다. 새벽부터 일어나 설치는 바람에 나도 잠을 설쳤다죠. 아흠!"

황징위가 행복한 하품을 켰다.

"드세요."

세 사람에게 세 가지 초자연수를 내주었다. 황징위에게는 정신이 번쩍 드는 정화수, 한나에게는 머리카락을 자라게 하는 중기수, 마지막으로 장리린에게는 화타의 물 마비탕이었다.

"셰프, 이거 또 토하는 물은 아니죠?"

물을 받아 든 장리린이 물었다.

"토하는 건 어제로 끝입니다. 이제는 들어오는 걸 차곡차곡 살로 쌓아야죠. 그 물은 마비탕이라고 중국의 전설적인 명의 화타 선생이 만든 신비의 약제 성질을 가진 약수입니다. 천천히 씹으면서 드시면 더 좋습니다."

"물을 씹어요?"

"그럼요. 입에 들어온 건 뭐든 씹을 수 있습니다. 정말 맛난 것은 오래 씹어야 참맛을 알게 되거든요. 이 신선한 공기조차도 말입니다."

"……!"

"왜요? 제가 거짓말을 하는 것 같나요?"

"아뇨. 셰프가 너무 신선 같아서… 조크가 아니고 진짜 그런 생각이 들어요. 신들의 나라에서 내려오신 셰프."

"제가 신선이면 당신 역시 신선이죠. 그럼 오늘 테이블은 여신을 위한 만찬이 되겠군요. 시작해도 될까요?"

"당연하죠. 저는 지금 기대가 되어 미칠 것 같거든요."

"차분하게, 요리는 곧 나올 겁니다."

민규가 돌아섰다.

주방에서 생대추를 잡았다.

톡!

끝에 구멍을 내어 톡 치자 씨가 얌전히 떨어졌다.

'이야.'

자기가 하고도 신기했다. 씨가 나온 대추는 썰기에 편했고, 모양도 더 멋지게 썰렸다. 요리가 더 즐거워지는 민규였다.

"여보……."

장리린이 황징위를 바라보았다. 그녀의 눈에는 깊은 신뢰가 주체하지 못할 정도로 출렁거리고 있었다.

요수 한 잔에 곁들인 생마대추꿀병.

그 세팅은 한 폭의 동양화였다. 검은 접시 위에 축복처럼 자리한 흰 생마의 자태는 신성에 다름 아니었다. 그 한가운데 떨어진 투명한 꿀 한 방울. 그 주변에 봉긋하게 올려진 찐 대추살과 방울토마토 한 조각. 거기서 이어지는 우유크림과 꿀은 접시의 대각에서 허브 한 장과 만나며 환상이 되었다.

"어머!"

장리린은 감히 포크를 들지 못했다. 두 손을 모은 채 옥침만을 꿀꺽일 뿐이었다.

"오늘 요리의 주제는 대추살입니다. 대추는 아시겠지만 몸을 보하는 데 많이 쓰입니다. 하지만 생대추를 찐 살을 잘 다루면 살을 찌게 하는 최고의 식재이자 약재가 되지요. 흰 마와 역시 그와 같아 살이 찌는 기초를 놓아드릴 것이며 꿀은 장리린의 체질에 필요한 것이라 함께 구성을 했습니다. 나아가 토마토는 비위를 살리기에 앞서 심장의 보조가 필요하기에 첨가되었고 소스와 멋을 겸해 뿌린 우유크림 역시 살을 찌우는 식품이니 즐겁게 드시기 바랍니다."

민규의 첫 설명이었다.

사각!

그녀의 포크가 마를 찔렀다. 관통되는 소리조차 메아리처럼 들렸다.

아삭!

그녀가 흰 마를 한입에 물었다. 흰마의 푸근한 습기와 더불어 꿀의 달콤함, 대추살의 담백함이 입안에 밀려들었다. 비몽사몽 마를 씹은 그녀, 그대로 삼키려 할 때 민규와 눈이 마주쳤다.

'오래 씹으세요.'

민규의 눈을 보자 잊었던 생각이 떠올랐다. 이삭아삭, 마를 씹었다. 마즙은 꿀, 대추살과 섞이며 맛을 증폭시켰다. 달콤함과 담백함을 미각세포 구석구석으로 밀어주는 것이다. 옥침은 이미 주체할 수 없을 정도로 흥건했다. 그녀는 차라리 입을 막았다. 자칫하면 침을 줄줄 흘린 판이었다.

그제야 흰 마가 목을 넘어갔다. 첫 덩어리가 위에 안착하자 입은 더 궁금해졌다. 닫혔던 그녀의 식욕이 열린 것이다. 위에서 출발한 맛에 대한 반응이 온몸으로 퍼졌다. 오장육부가 그랬고 머리가 그랬다. 아이를 사산한 후로 처음이었다. 뭔가가 이렇게, 미치도록 먹고 싶은 욕구는······.

"셰프!"

장리린, 포크를 입에 문 채 민규를 바라보았다.

'오케이.'

민규가 내심 쾌재를 불렀다. 그녀의 상지수창 때문이었다. 그녀의 비위에 맺혔던 혼탁들이 조금씩 벗겨지고 있었다. 한 방에 밀어낼 수 있다는 신호였다.

두 번째로 올라간 요리는 약선타락죽. 식욕의 길이 열린 그녀는 단숨에 죽 접시를 비워냈다. 이때부터 민규의 약선요리쇼가 본격 가닥을 잡았다.

궁중찹쌀대추단자와 궁중토란화전, 달과와 양고기편수만두가 이어졌다. 각각의 요리는 세 개씩 짝을 지었다. 그사이에 다른 손님의 테이블에도 요리가 오르고 있었다. 토마토 파에야가 보였고 포요 아 라 카수엘라, 채소 카스파초, 치킨 스프 등이 이어지지만 그녀는 시선을 팔지 않았다. 오직 민규의 메뉴에 꽂혀 있는 것이다.

웨이터들도 그랬다. 한 명이 기웃거리더니 두 명이 되었고, 세 명, 네 명이 되었다. 결국에는 셰프들도 나왔다. 그들에게도 민규의 약선요리는 신선한 충격이었다.

"이 요리들은 한국의 왕실에서 먹던 옛 전통을 고스란히 재현한 약선요리들입니다. 대추살의 경우, 소화력에 문제가 있으면 흡수가 곤란할 수 있지만 약수로 전 처방을 하였으니 소화

흡수에 애로가 없을 겁니다. 이 편수만두는 일반적인 만두와
는 달리 시원하게 먹는 요리로 위의 열을 식히는 데도 유용합
니다. 나아가 여기 달과에 쓴 보리는 일반 보리가 아니라 대맥
으로서 살을 찌우는 데 좋은 효능을 가졌는데 그중에서도 성
분이 꽉 찬 것만 골라 만들었습니다. 재료로 들어간 약재들
중에는 힘줄과 뼈를 튼튼하게 하는 것들이 많으니 이는 살을
찌우는 토대를 함께 만들어야 살이 흘러내리지 않기 때문입
니다."

민규가 열정적인 설명을 덧붙였다.

"셰프, 제 위가 요리를 불러요."

"그럼 마음껏 드세요."

민규는 오래 끌지 않았다.

3. 별을 버린 셰프

    그녀의 포크는 잠시 행복한 방황을 했다. 입에 넣으면 녹을 것 같은 찹쌀대추단자를 먹을까? 아니, 대추살과 부추로 꽃과 잎을 표현한 조각품 같은 궁중토란화전? 아니야, 달과는 셔벗보다도 부드러운 것 같아. 고민하던 그녀는 토란화전부터 찔렀다.

    화전은 그냥 꽃밭이었다. 토란을 쪄서 으깬 후에 대추살과 오가피로 꽃모양을 잡고 부추를 오려 푸른 잎을 만들었던 것이다. 그 가운에 박힌 잣 한 알은 나비와 벌을 유혹하는 암술에 다름 아니었다. 종규가 있었다면 필연 그 가운데 나비를 앉혔을지도 몰랐다.

궁중달과는 또 어떤가. 장리린의 입으로 들어가는 저 하나에도 민규의 폭풍 정성이 가득했다. 그 정성이 거친 레시피 또한 살뜰했다.

1) 꿀을 녹여 반죽 물을 만든다.
2) 꿀 반죽 물로 대맥을 반죽한 후에 젖은 보에 싸둔다.
3) 황련의 연자육을 껍질째 찌고 호두를 준비한다.
4) 반죽을 꺼내 얇게 밀고 낮은 온도의 참기름 팬에서 서서히 노릇하게 튀긴다.
5) 이 약과를 식혀 기름을 빼고 빻아 가루로 만든다.
6) 찹쌀가루로 되직하게 풀을 쑨다.
7) 이 풀에 4)의 가루를 섞어 반죽하고 밀대로 밀어 0.8mm 두께로 민다. 두께는 각자의 기호에 따라 가감이 가능하다.
8) 호두와 찐 황련 연자육을 듬성듬성 다져 반죽 위에 고루 뿌리고 한지를 덮어서 다시 밀대로 밀어 고정시킨 후에 정사각형이나 직사각형 등으로 썰어낸다.

이 달과에 들어간 대맥은 성분이 좋은 것들. 동의보감이 곡류 중에서 살을 찌우고 몸을 보하는 데 가장 좋다고 인정하는 식재료였다.

"화아!"

양고기편수 또한 맛의 폭풍이기는 다르지 않았다. 그건 맛의 모듬 편이었다. 그도 그럴 것이 살을 찌우는 양고기에 더불어 장리린의 체질에 알맞은 호박과 미나리, 버섯 등이 들어간 까닭이었다. 넝쿨식물인 호박은 진액까지 보충해 주니 더할 나위가 없었다.

꿀꺽!

마지막 편수만두 하나가 그녀의 목을 타고 내려갔다. 그녀의 비위 혼탁은 한층 더 벗겨져 있었다.

"오늘 요리의 라스트입니다."

민규가 차 한 잔과 디저트를 내려놓았다. 그녀의 시선에 노란 해바라기 두 송이가 들어왔다. 탁구공만 한 디저트의 정체는 군고구마살이었다. 노랑은 토형의 상징. 생해바라기 꽃잎을 펼치고 그 가운에 올려놓은 고구마살 덩어리. 구성과 색깔만으로도 그녀의 식욕을 사로잡아 버렸다.

이 고구마로 이윤의 코팅 필살기를 구현했다. 고구마를 포를 떠서 반천하수에 담근 후, 그 위에 곶감을 넣었다. 그러자 고구마 포가 곶감에 코팅이 되었다. 한 번 튀긴 후에 또 한 번, 또 한 번, 도합 세 번을 반복하자 노란 빛깔이 해바라기보다 생생하게 빛났다.

'빙고.'

인간이 넘보기 힘든 코팅이었다. 이렇다면 서양요리가 자랑하는 천 겹의 밀푀유보다도 더 정교하고 맛깔스러운 요리도 가능했다.

"드셔보시죠."

민규, 군더더기 없이 바로 디저트를 권했다.

"……!"

디저트를 문 그녀, 마무리 폭풍에 말을 잊고 말았다. 고구마살은 그냥 고구마살이 아니었다.

바삭.

바삭.

바사삭.

고구마살은 무려 세 번이나 즐거운 비명을 냈다. 종이처럼 얇은 코팅을 세 번 튀겨낸 식감은 상상 저 너머의 아삭함에 닿아 있었다. 그 안에서 곶감을 만났다. 그냥 곶감도 아니고 비시(椑柿). 백시 같은 곶감은 원래 비위를 튼튼하게 하고 주근깨를 없애준다.

하지만 민규가 찾아낸 비시는 거기에 더해 갈증을 없애고 위장의 열을 내리는 효능까지 갖춘 청푸른 곶감이었다. 달달하게 익은 군고구마살 안에 갇혀 더욱 강력한 단맛으로 거듭난 곶감. 하지만 그것 말고도 다른 맛이 있었다. 장리린, 궁금한 마음에 남은 하나를 반으로 갈랐다.

"……!"

갈라진 삼 겹의 고구마살은 가히 환상이었다. 그 고구마살과 곶감 심층부에 자리 잡은 식재료. 초록이 깃든 새하얀 생연자육살이었다. 그 마지막이 그녀의 목으로 넘어갔다. 그게 위장에 닿는 순간, 임계점이 되었다.

그녀의 혼탁은 사라졌다. 동시에 비장의 혼탁도 사라졌다. 한없이 추락하던 살이 반전의 터닝 포인트를 잡은 것이다. 민규의 임계점 계산은 대성공이었다.

'휴우.'

그제야 민규 표정도 부드럽게 풀어졌다.

"셰프……."

"그 곶감은 주근깨를 없애주는 식재료입니다. 감은 당신의 체질에 어울리기도 하지만 무엇보다 제 요리를 잘 먹어준 데 대한 보너스였습니다."

민규의 정중한 인사. 장리린의 테이블을 마감하는 사인이었다.

"와아, 이걸 제가 다 비웠단 말이에요?"

깨끗하게 빈 접시를 본 장리린이 소스라쳤다.

"흐음, 우리한테는 먹어보란 말도 안 하더란 말이지."

황징위가 애정 어린 불평을 쏟아냈다.

"어머, 내가 요리에 정신이 팔려서……."

장리린이 얼굴을 붉혔다.

"돌아가시면 아마 졸릴지도 모릅니다. 푹 자고 일어나시면 제게 전화하세요. 마지막 처방을 알려 드리겠습니다."

"알았어요. 셰프."

"엄마, 한나 피피."

옆에 있던 한나가 장리린 손을 끌었다. 화장실을 찾는 것이다.

"셰프, 식사비는 얼마나?"

그녀가 멀어지자 황징위가 물었다.

"얼마의 가치가 있다고 생각하십니까?"

"그걸 제가 어떻게 매깁니까? 한나와 리린이 좋아하는 걸 생각하면 백만 불이라도 아깝지 않습니다."

"그럼 10,000불 어떻습니까?"

"약하군요."

민규 제의에 황징위가 웃었다.

"아뇨. 과합니다. 하지만 제가 여기 다른 분들 요리도 10,000불에 예약을 받았거든요. 그러니 불만이 없으시다면 10,000불을 고려하시되 입금은 마지막 처방 후에 만족하거든 넣어주시면 됩니다. 만약 만족하지 못하면 그냥 당신을 만난 기념으로 한 끼 대접했다고 생각하겠습니다."

"셰프."

그사이에 장리린과 한나가 돌아왔다.

"고맙습니다. 셰프, 몸은 몰라도 마음은 벌써 건강하게 살이 찐 것 같아요."

장리린은 여전히 행복한 표정이었다.

그녀에게 살이 찌는 식재료 품목을 안겨주었다. 몇 가지 간단한 요리는 레시피도 주었다.

"셰프의 추천이니 목숨 걸고 해볼게요."

그녀의 눈동자 안에서 굳은 의지가 태양처럼 이글거렸다.

부부가 돌아갔다. 객실에서 쉬는 사이 민규에게 전화가 걸려왔다. 오늘의 진짜 이벤트를 주선한 루이스 번하드였다.

—지금 뉴욕 공항에 도착했습니다. 셰프의 요리를 먹으려고 기내식은 스킵했습니다.

그의 목소리는 활기차기 그지없었다.

게스트로미 T.

거기에서는 또 어떤 손님을 만나게 될까? 두려움보다는 호기심이 앞서갔다. 얼마 후에 다시 루이스 번하드의 전화가 들어왔다. 두 시간 후에 만나자는 전갈이었다.

주방으로 내려가 식재료를 챙겼다. 재확인을 하다가 낯선 재료를 보게 되었다. 종규에게 맡겼던 삶거나 말린 산나물 꾸러미 속이었다.

"······!"

나물을 보는 순간, 벽력같은 영감이 뇌리를 후려쳤다.

'광대나물, 뱀밥나물?'

정진도의 필살기 사전에서 본 것들이었다. 이게 어떻게 여기 들어 있을까? 환상 속의 정진도가 샘플로 주고 갔을 리는 없었다. 산나물 짐은 종규가 꾸려주었다. 그러니 종규가 욱여넣은 모양이었다. 어디서 났을까? 시장에서는 구할 수 없는 것들······.

생각에 골똘할 때 장리린에게 전화가 들어왔다.

―셰프!

"푹 자고 일어나셨나요?"

―네. 말 못 할 정도로 개운해요.

"이제 제 마지막 요리를 만나셔야죠."

―네, 기대하고 있어요.

"제 마지막 요리는 체중계입니다."

―체중계요?

"집에 있죠?"

―당연하죠.

"지금 올라가 보세요. 전화 받으시면서……."

―셰프…….

"그냥 올라가기만 하면 됩니다. 어쩌면 아까 먹은 요리보다 그게 더 환상적일지 모릅니다."

―알았어요. 잠깐만요.

장리린이 움직이는 소리가 들렸다. 민규는 콧노래를 흥얼거리며 기다렸다. 요리에 보내는 음악이었다. 얼마나 지났을까? 전화기 너머에서 장리린의 비명이 들려 왔다.

―까아악!

"왜 그래?"

황징위의 목소리도 들렸다. 민규는 놀라지 않았다. 지금 장리린이 받은 요리(?)의 셰프이기 때문이었다.

―셰프!

장리린은 목소리는 한없이 높았다.

"제가 맞혀볼까요?"

―…….

"체중이 늘었죠? 아마도 1.5kg 정도?"

―까악!

"축하합니다."

―셰프… 1.5kg 맞아요. 정확히 하면 1.2kg 정도 되네요. 하지만 이게 그냥 1kg가 아니에요. 그동안 아무리 폭식을 하고 고칼로리를 섭취해도… 심지어는 지방 덩어리 소고기를 버터와 치즈 범벅으로 먹어도 저울은 미동도 안 했거든요. 그런데… 1kg라니… 까아악!

그녀의 목소리는 멈추지도 않았다.

"이제 저체중 바닥의 임계점을 넘었습니다. 이제부터는 보통 여자들처럼 기초대사량 이상의 음식을 먹으면 살이 될 겁니다. 원래 운동을 하신 분이니 몸 관리는 잘하시리라 믿습니다. 그때까지는 제가 적어준 식재료를 중심으로 식사를 하시기 바랍니다. 축하합니다."

―셰프…….

"아, 혹시 나중에 기회가 되면 저도 서핑 지도 좀 부탁드립니다."

―그건 염려 마세요. 제가 가진 스킬 전부를 전수해 드릴

게요.

그녀의 울먹임을 들으며 전화를 끊었다. 남은 감격은 남편과 딸의 몫으로 돌렸다. 돌아보는 시선에 거울이 들어왔다. 그 안에 든 또 하나의 민규를 향해 격려를 보냈다.

잘했다.

뒤를 이어 또 하나의 다짐을 보냈다.

남은 요리에서도 유종의 미를 거둬보자.

루이스 번하드와의 약속 시간이 코앞이었다.

*   *   *

"셰프!"

반가운 목소리가 들렸다. 뉴욕 센트럴 파크의 조각상 '이상한 나라의 엘리스' 앞이었다. 엘리스는 두 팔을 벌리고 앉아 있었다. 의지가 아니고 버섯 위였다.

"이 버섯 어때요?"

루이스 번하드가 물었다. 미식가답게 특이한 버섯이 먹고 싶은 걸까?

"요리하면 일주일은 먹겠는데요?"

"셰프가 요리하면 하루 만에 다 먹을 수 있을 겁니다."

"으음, 푹 고운 국물로 스튜를 만들면 그럴 수도 있겠네요."

"피펜의 론칭은 대성공이었다고요?"

"들으셨군요?"

"중국 계약까지 끝냈다며 바로 전화했더군요. 셰프를 소개시켜 줘서 너무 고맙다고."

"저야말로 고마운 일이죠. 덕분에 좋은 경험을 했거든요."

"그 기세를 오늘까지 이어주시기 바랍니다."

"분투해 보겠습니다."

"오늘 모실 분들은 이분들입니다."

루이스 번하드가 들고 있던 신문을 펼쳤다. 경제면이었다. IT 기업과 투자회사 등의 기사가 보였다. 사진도 여러 장 있었다. 루이스의 손이 거물 경제인들 회담 장면으로 내려갔다.

샘 아이즈먼.

레안 그리핀.

루이스의 손가락이 두 사람의 얼굴에서 멈췄다.

두 사람은 세계적인 거물들이었다. 아이즈먼은 월 스트리트와 런던 금융가를 주무르는 큰손이다. 영화와 패션, 게임 업계와 AI사업들 또한 그의 손안에 있었다. 마음먹으면 한 나라도 살리고 죽일 수 있는 역량의 자본 투자가.

아이즈먼이 돈으로 세계를 주무른다면 그리핀은 프로그램으로 세계를 쥐락펴락하는 사람이었다. 그는 미국의 IT 혁신 학교 에코62의 창시자이자 전체 과정을 총괄하는 프로그래머였다. 에코62는 코딩 전문학교이다. 학비 없고 교수도 없는 학제를 운영한다. 이 학교를 졸업하면 세계적인 기업들이 '모셔'

간다. 오직 연구만 하는 학교로 세계적인 IT 인재 양성의 본산이다.

그는 이 학교의 교육과정을 리드하는 최고의 프로그래머. 지상의 모든 코딩을 주무르는 신적인 존재이자 21세기 집단 지성에 의한 창의성 융성의 메시아로도 불렸다.

아이즈먼은 60대 후반이고 그리핀은 60대 중반, 둘은 스탠퍼드대 동문 사이로 자본과 테크닉의 융합이 세계를 어떻게 좌우하는지를 보여주는 파트너이기도 했다.

"어쩌면 저보다도 더 미식에 가까운 분들입니다. 저야 맛이나 겨우 평하는 지경이지만 이분들은 재료의 가치까지 짚어낼 수 있는 분들이라죠."

재료의 가치까지.

긴장하지 않을 수 없는 말이었다.

"미리 말씀드리자면 이분들은⋯⋯."

"아뇨. 말하지 않으셔도 됩니다."

민규가 루이스의 말을 막았다.

"셰프."

"저는 어차피 가진 게 정해진 사람입니다. 그분들이 어떻든 제 요리를 할 뿐입니다."

"좋군요. 셰프는 볼수록 매력이 있는 사람인 것 같습니다."

"고맙습니다."

"그럼 그분들 취향이야 그렇다고 쳐도 한 가지는 말씀드려야 할 것 같습니다."

"예."

"첫째, 이분들은 일단 10,000불을 제게 맡기셨습니다."

루이스가 봉투를 꺼내 들었다.

"이 돈은 요리의 만족도와 관계없이 셰프에게 전해달라고 했습니다. 아이들 같은 호기심으로 당신을 기다리는 즐거움을 누리고 있다는 말도 함께요."

"……"

"둘째, 이 두 분은 저기 개스트로피 T, 즉 GT에 개인 테이블을 가지고 계십니다. 즉 단골이라는 말입니다."

"예……"

"참고로 이분들은 세계적으로 딱 네 곳에 개인 테이블을 가지고 있습니다. 첫째는 여기 뉴욕의 GT. GT에 대한 건 곧 보게 되실 테고 둘째는 이탈리아 모데나의 자갈길에 자리한 플래쉬입니다. 지금은 전설로 불리는 셰프인 듀안 슈벨라가 이끄는, 이탈리아 요리의 보석으로 불리는 곳이죠. 요리를 통해 옛 향수를 살리고 지역의 재료에 생동감을 주는 레스토랑입니다. 세 번째는 스페인 북부의 중세풍 도시에 자리한 로카스트로입니다. 두 명의 쌍둥이 형제가 리더로서 운영하는데 그곳에서 하는 새끼양고기콩소메를 특별히 좋아하십니다."

"……"

"마지막은 중국 광둥에 있는 티엔단입니다. 중국 최고의 만

두로 꼽히는 만두 전문인데 그곳에서만 먹을 수 있는 샥스핀 만두피 만두에 빠지셨지요. 특별한 샥스핀이 들어오면 열 일 젖히고 달려갈 정도입니다."

"멋진 삶을 사시는군요."

"그렇지요. 하지만 돈이 많아서 식탐에 빠진 분들이 아닙니다. 이분들은 맛의 탐구를 즐겨하시죠. 참고로 위의 세 식당은 월드 레스토랑 평가에서 1~10위권 단골이지만 그 유명세의 출발이 바로 이 두 분의 안목이었습니다. 그들이 무명일 때부터 단골이거든요. 어쩌면 그 식당들의 손님 절반 이상은 이 두 분의 영향을 받았을 수도 있습니다."

"……."

"그만큼 맛의 탐구를 아시는 분들이고 그 속에서 투자에 대한 영감, 인간의 본질 등을 만난다고 하십니다. 어쩌면 요리와 대화를 하는 분들이라고 할까요? 그렇기에 저하고는 비교 자체가 불가한 미식의 신들이라고 할 수 있겠습니다."

"그런 분들이 저 같은 요리사의 테이블에 앉는다는 건 루이스 덕분이겠군요?"

"아니죠. 아직은 앉지 않으셨습니다."

루이스가 선을 긋고 나왔다.

"예?"

"거기에 대한 약간의 설명이 필요해서 서론을 길게 끌었습니다. 실은 이분들, 처음에는 이 셰프에게 관심을 갖지 않으셨지요. 뉴욕에서 한국 요리를 맛보기는 하셨는데 별 감흥이 없었답니다. 투자하기에는 매력적인 나라지만 요리는 아니라고……."

"……."

"이분들의 관심은 요리보다 물에서 출발했습니다. 이 세상 그 어느 셰프도 하지 못하는 물 요리가 가능한 셰프."

"……."

"그랬더니 관심을 보이더군요. 거기서 저도 오기가 살짝 발동했습니다."

"……."

"셰프를 좀 띄워주었죠. 세상에는 숨은 보석이 얼마든지 많다. 당신들은 맛의 새로운 물결을 보게 될 것이다. 그래서 원래는 1,000불을 내겠다는 걸 열 배로 튀겨놓았죠."

"루이스……."

"하핫, 무슨 말을 하려는지 압니다. 솔직히 말해서 이분들이 셰프 요리가 꽝이라고 하면 이 미식 세계에서 제 신용이 좀 떨어질 겁니다."

"……."

"하지만 그게 무슨 대수입니까? 삶이란 이분들이 투자하는 투자의 판도 같은 것 아닙니까? 더러는 상한가도 치고 더러는 하한가도 치고… 주야장천 상향이거나 하향만 한다면 무미건조할걸요? 맛도 마찬가지 아닌가요?"

"루이스……."

"결론을 말하죠. 이 양반들을 위한 테이블, 오늘 요리는 두 셰프가 하게 됩니다. 저기 개스트로피 T 셰프인 램지 바카린과 우리 이 셰프. 물론 그걸 먹는 사람도 둘이겠죠. 샘 아이즈먼과 레안 그리핀. 아, 먹는 건 손님 마음대로겠군요."

"……!"

루이스의 시선이 민규 각막에 머물렀다.

'배틀…….'

민규의 척추에 한기가 들어왔다. 명시적인 건 아니지만 미슐랭 별 두 개 관록의 셰프와의 배틀이 되는 셈이었다. 최악의 경우에는 민규의 요리가 주인장의 서브 요리로 전락할 수도 있었다.

"미안합니다. 두 분의 한국 음식에 대한 평가가 워낙 박해서……."

"아닙니다. 오히려 흥미로운 시간이 될 것 같군요."

"예?"

"별 두 개를 받았던 셰프의 주방에서 요리하는 것만 해도 설레는데 그런 분의 맛과 비교할 기회까지 얻게 되게 되었습니다. 선택받는 건 제 능력일 테니 편하게 생각하십시오. 그 두 분은 몰라도 루이스는 제 요리를 드실 것 아닙니까? 그 보장만으로도 힘이 납니다."

"허얼!"

루이스의 입이 쩌억 벌어졌다. 아직 어린 나이의 셰프 이민규. 그렇기에 부담이 될까 봐 조심스레 말을 전한 루이스였다. 그런데 민규의 반응은 놀랍도록 쿨했다. 루이스는 또 한 번 민규의 숨은 매력에 매료되고 말았다. 겸손하지만 거침없는 도전 정신. 측정 불가의 민규 약선요리 깊이처럼 매력 또한 가늠하기 어려운 지경이었다.

*   *   *

개스트로미 T.

맛깔스러운 레스토랑이었다. 안으로 들어서는 순간, 민규는 편안해졌다. 쉬는 날이라 한가해서 그런 게 아니었다. 테이블의 배치는 자연스러웠고 벽의 앤티크 장식들도 자연미를 강조하고 있었다. 창을 통해 들어오는 햇살의 조명도 안락했다. 정말이지 좋은 사람과 마주 앉아 도란거리며 식사하고 싶은 곳이 바로 개스트로미 T였다.

"루이!"

주방에 있던 셰프가 한달음에 튀어나왔다. 푸짐하고 후덕한 인상이었다. 둘은 악수 대신 손을 마주치고 거머쥐는 격한 세리머니 인사를 나눴다. 격의 없는 사이를 알 것 같았다.

"소개합니다. 코리아에서 제가 찾은 물 마법사이자 약선요리의 진수 이 셰프."

루이스가 극찬을 앞세웠다. 계면쩍지만 그대로 목 인사를 건넸다.

"당신이 이 셰프로군요. 기다리느라 한잠도 못 잤습니다."

램지의 반응은 뜨거웠다. 그저 입에 발린 칭찬이 아니라 진심에서 우러나는 목소리였다.

"흐음, 역시 우린 통한다니까. 아이즈먼과 그리핀이 곧 도착할 테니 우리 이 셰프에게 주방 좀 보여주시겠습니까? 가지고 온 식재료도 있는 것 같고."

루이스가 민규를 챙겨주었다.

"따라오세요."

램지는 붙임성이 좋았다. 민규의 식재료 통까지 집어 들고 앞장을 섰다.

"요리 실력만큼이나 열정적이고 화통한 사람입니다. 사람을 좋아해서 그러는 거니 부담 갖지 마세요."

루이스가 민규 부담을 덜어주었다.

"여기가 내 요리 연금술 실험실입니다. 이놈이 아나토르이고 이놈들은 내 현자의 돌이라고나 할까요?"

램지는 바빴다. 커다란 팬을 들어 보이고 양념과 스톡, 소스들을 일일이 가리켰다.

"변변치 않은 커맨드센터지만 일일 사용권을 드립니다. 마음에 든다면 제 전용 칼을 써도 무방합니다."

칼 사용권까지 내주는 파격의 램지.

살모리그리오 소스를 필두로 리올리, 후무스, 차지키, 토마토, 타프나드, 바질 페이스트까지 모두가 갓 만들어낸 최상급들이었다.

"소스가 굉장하네요. 소스만으로도 맛에 푹 빠질 것만 같습니다."

민규가 답례를 했다.

"이 재료들은 오늘 아침에 내가 구해온 것들입니다."

이번에는 재료였다.

어느 요리에나 빠지지 않는 돼지고기, 닭고기, 소고기, 양고기, 토끼고기, 송아지고기에 도미와 대구, 가리비, 새우, 바닷가제 등의 해산물들, 두부, 감자, 오이, 무화과, 시금치, 색색의 올리브와 하몽, 햄까지 없는 게 없을 정도였다. 주류도 샤케부터 와인까지 총망라.

"어떻습니까? 내 딴에는 최상급으로 고른 재료들인데 셰프의 기준은 어떤지 궁금하군요?"

"저는 오감으로 판단합니다. 셰프는요?"

"저는 눈으로 보고 소리로 듣고 맛을 봅니다. 역시 먹어보는 게 실수가 없죠."

램지가 송아지고기 일부를 베어냈다. 그러더니 팬에 올려 뒤집더니 소금도 없이 시식을 했다. 그런 다음 민규를 향해 어깨를 으쓱해 보였다.

"확실한 방법이군요. 하지만 저는 이 고기가 더 마음에 듭니다."

민규의 선택은 다른 송아지고기였다. 램지처럼 팬에 올린 후에 그에게 내밀었다.

"오!"

램지의 눈이 휘둥그레졌다.

"육즙이며 고기의 풍미가 더 나은데요? 이게 오감으로 판단하는 겁니까?"

"가만히 들여다보면 고기의 건강도가 보이거든요. 어린 생명이라면 무엇보다 신장이 좋아야 하죠. 그다음이 심장이고 간입니다. 이 송아지의 어미 소가 그런 쪽이었을 것 같습니다."

"……!"

램지의 안구가 출렁거렸다. 우연으로 맞힌 게 아니었다. 램지는 허튼 셰프가 아닌 사람. 단박에 민규의 내공 깊이를 알게 되었다.

"좋군요. 역시 젊은 사람들과 소통해야 한다니까."

램지가 반색을 했다.

"그럼 오늘의 요리를 논의해 볼까요? 아이즈먼과 그리핀은 양고기 콩소메와 푸아그라 테린, 송아지고기, 대구 샐러드, 크레페 등을 좋아합니다. 나는 그 요리들을 중심으로 테이블을 차릴 건데 셰프께서 하고 싶은 요리가 있으면 내가 메뉴에서 양보하도록 하겠습니다."

램지가 메모지를 보여주었다.

콩소메는 스프 종류다. 푸아그라야 미식가들 차림에서 두 번 설명할 것도 없었다. 송아지고기 역시 서양요리에서 고급 식재료로 각광을 받고 대구와 크레페도 코스 요리에서 빠지지 않는 구성들.

'꿀꺽!'

생각만으로도 군침이 넘어갔다. 뉴욕, 멋진 셰프, 그리고 그의 레스토랑. 당장 테이블에 앉아 요리를 받는 기분이었다.

하지만 민규 머리에는 두 개의 소박한 야생나물이 피어올랐다. 광대나물과 뱀밥나물. 정진도가 가난한 민초들을 위해 개발한 약선야생초 요리들. 그 야생초 대부분의 주제는 봄이었다. 그것도 이른 봄…….

봄…….

한 단어가 민규 머리에서 뱅글거렸다. 두 손님의 나이는 장노년층. 그런 사람들에게 봄보다 더 큰 주제의 요리는 없을 테니까.

"그런데 이 셰프."

램지가 민규 옆으로 다가섰다.

"예?"

"내 친구 루이의 말에 의하면 당신은 특이하게도 물까지 요리를 한다고요? 그 말은 내가 평생에 두 번 듣는 말인데 너무 궁금하군요."

"두 번 들었다고요?"

"그렇습니다. 한 번은 네팔에 요리 여행을 갔을 때, 거기 관광객을 상대로 하는 식당의 늙은 셰프에게 들었지요. 그의 스승이 히말라야 산꼭대기 마을에 사는데 그분은 오직 물만 요리한다고."

"……!"

"그 어떤 허기도 그분의 물이면 다 가신다고 하더군요. 심지어는 심각한 암이나 불치병도 그분의 물 요리 일주일이면 완치가 된다고……."

"……."

"혹시 이 셰프가 그분의 제자입니까?"

"그건 아닙니다."

"그렇군요. 그러고 보니 그분은 이미 신이 되어 히말라야를 자유롭게 유랑하실지도……."

"그분만큼은 아니겠지만 저도 대략 흉내는 냅니다."

"오, 정말입니까?"

"셰프, 지금 살짝 배가 고프시지요?"

"어, 어떻게 아셨습니까? 내가 배가 부르면 요리가 잘 안 되는 징크스가 있어서."

"그 배를 제가 조금만 부르게 해드려도 되겠습니까?"

"물로 말입니까?"

"잠깐만 기다리십시오."

민규가 생수 통을 향해 걸었다. 거기서 두 컵에 물을 받았다. 진지하게 물을 섞었다. 물론 신비감을 위한 퍼포먼스였다. 마지막에 더한 건 추로수의 소환이었다.

추로수.

순하고 달다. 눈이 밝아지고 피부와 살을 윤택하게 하여 얼굴을 예쁘게 만든다. 장복하면 장수할 수 있지만 이 물을 먹으면 당장 허기가 가신다.

"반만 드세요. 그럼 허기가 살짝 가실 겁니다."

"……!"

물을 마신 램지의 눈이 휘둥그레졌다. 과연 그랬다. 물 한 컵 마셨을 뿐인데 감쪽같이 허기가 가신 것이다.

"Oh, my God."

푸짐한 램지의 손목이 부르르 떨었다.

"어떻습니까? 과연 내가 반할 만하죠?"

주방 입구에 등을 기댄 루이스가 웃었다.

"인정!"

램지는 두툼한 배를 두드리며 승복했다. 눈앞에서 보았으니 속임수도 아니었다. 인정하지 않을 도리가 없었다. 그래도 더는 요구하지 않았다. 그는 '된' 셰프였다. 셰프의 주특기는 서커스 공연이 아니기 때문이었다.

민규도 식재료를 풀었다. 민규가 최고의 식재료로 만든 양념과 식재료들이었다. 고기는 없었지만 견과류와 약선약재,

삶은 나물, 들기름, 참기름 등의 필수품은 다 들어 있었다.

"흐음, 코리아의 채소들인가요?"

그의 시선이 광대나물과 뱀밥나물, 곰취 등에 꽂혔다. 광대나물은 특히 향이 아련하고 좋았다. 두 나물이 딸려온 건 우연이었다. 하지만 이제는 우연이 아니었다.

종규에게 연락해 내력을 알았다. 황 할머니가 준 게 맞았다. 할머니는 자매다. 동생이 남해에 산다. 가난하게 자라 산들의 나물을 많이도 알았다. 언니를 위해 시골 사는 동생이 알음알음 나물을 해서 보냈다.

그것들의 참맛을 아는 할머니, 혼자 살림에 다 먹지 못해 차만술에게 권했지만 듣지 않았다. 흔한 풀을 소재로 삼으면 가격 반영도 힘들고 밑반찬밖에 안 된다는 생각이었다.

그. 덕분에 민규에게 차례가 왔다. 민규가 바쁠 때 종규가 받아놓았다. 산나물을 꾸리다 보니 공간이 남았다. 황 할머니가 좋은 거라기에 슬쩍 끼워 넣어 공간을 채운 종규. 그 우연이 기막힌 식재료를 조달한 것이다.

이제는 누구도 주목하지 않는 먹거리들. 그러나 알고 보면 야생초. 현대의 인간들이 그토록 열광하는 초자연의 야생 먹거리가 바로 그것이었다.

지장수 안에서 뱀밥나물이 새록새록 살아났다. 둥근 접시의 극단의 모서리에 불그스레한 꽃을 피워놓았다. 어떻게 보면 흉측하기까지 한 뱀밥 포자의 화려한 변신이었다.

"이것들 냄새도 독특하군요."

이번에는 약재들이다. 램지는 계피와 오미자, 복령 등에 코를 대보기도 했다.

"맛을 보셔도 됩니다."

민규가 인심을 썼다. 열린 마음을 가진 셰프에 대한 예의였다. 이런 경우, 셰프는 서로 통한다. 요리라는 매개를 통해 친구가 되는 것이다.

"와우, 달큰하군요. 이 향은 오묘하고… 이 향은 맛이 하나, 둘… 다섯?"

감초에 이어 당귀를 맛보더니 오미자에서 눈이 휘둥그레졌다. 오미자는 정말 다섯 가지 맛이 난다. 그런데 그 다섯 맛의 강도를 사람마다 다르게 느낀다. 목형은 신맛을 강하게, 화형은 쓴맛을 강하게, 수형은 짠맛을 강하게, 하는 식이었다.

"질병에 도움이 되는 약재들입니다. 원하시면 나눠 드릴 수도 있습니다."

"나중에 남으면 몇 가지 주고 가십시오. 새로운 메뉴 개발의 영감이 될 수도 있겠습니다."

램지는 욕심내지 않았다.

그사이에 차량이 도착했다. 샘 아이즈먼과 레안 그리핀이었다. 둘은 앞서거니 뒤서거니 간발의 차이를 두고 도착했다.

루이스의 소개로 인사를 나눴다.

"반갑습니다. 기대가 큽니다."

두 거물은 평상복 차림이었다. 아이즈먼은 청바지를 입었고 그리핀은 멜빵바지. 수천억 달러를 다루고 IT와 AI 세상을 주도하는 사람답지 않게 검소해 보였다.

아이즈먼, 土형에 가까운 木형.

그리핀 木형에 가까운 삼초형.

체질 리딩은 끝났다.

"특별한 거 없습니다. 맛나게 먹어드릴게요."

두 거물의 메뉴 오더 역시 한마디로 끝났다.

"셰프."

주방으로 돌아오자 램지가 민규를 불렀다.

"예."

"요리의 콘셉트를 잡았습니까? 아무래도 메뉴를 정하고 시작하는 게 좋지 않을까요?"

램지의 의견은 당연한 것. 하지만 민규의 대답은 좀 다르게 나갔다.

"제가 먼저 시작해도 될까요?"

"셰프가요?"

"예."

"그럼 메뉴는……."

"셰프는 아까 말씀하신 대로 하십시오. 저는 한국식 약선요리를 하겠습니다."

"코스입니까?"

"전채를 포함해서 다섯 가지 정도 될 것 같습니다."

"그렇다면 나는 요리의 양을 좀 줄여야겠군요. 셰프의 요리를 먹고 나면 위의 빈자리가 많지 않을 테니까요."

"아뇨. 죄송하지만 셰프께서는 평소보다 20% 정도 더 많은 볼륨으로 요리를 해주시기 바랍니다."

"예?"

"20% 오버요. 아니면 손님들이 좀 섭섭해할지도 모릅니다."

"셰프……."

"죄송하지만 저를 믿어주시기 바랍니다."

멘트를 마무리한 민규가 소매를 걷었다. 두 거물을 위한 요리의 시작이었다. 그걸 바라보는 램지가 고개를 갸웃거렸다. 그는 두 손님의 먹성과 식사량을 잘 알고 있었다. 나이 먹은 사람들이라 건강에 신경을 쓴다. 게다가 유명한 미식가이기도 했다. 그렇기에 과식은 일절 없었다.

그런데, 동양에서 온 이 젊은이, 닥치고 20% 오버를 주문했다. 20% 줄이는 게 아니라 더하는 것. 민규에 대한 거부감은 없었지만 이 의견은 받아들이기 어려웠다. 미식가에게 너무 많은 분량의 요리를 안기는 것도 셰프의 미덕이 아니었다.

'어쩐다?'

고민하는 사이에 민규의 요리가 하나하나 가닥을 잡아나갔다.

최상류층에 빛나는 미식가.

그러나 민규의 결의는 처음과 같은 선상에 있었다.

뉴욕의 기준.

내가 뒤집어 버린다.

그 각오의 출발일 뿐이었다.

4. 봄을 담아낸 야생초 요리

아이즈먼.

그리핀.

거기에 루이스까지 더하니 세 미식 왕을 위한 테이블.

어떻게 혼을 빼놓을까? 두 사람의 체질창은 이미 민규 손에
들어온 후였다. 시동은 초자연수로 걸었다. 작은 잔 안에 만드
는 세 가지 물 세트였다.

심혈을 기울이는 모습을 지켜보던 램지가 엄청난 물 잔을
꺼내놓았다.

"셰프의 마법 물은 이 잔을 쓰십시오."

"……!"

잔에 홀린 민규, 말을 잊었다. 물 잔은 유리로 만든 거였다. 그냥 유리가 아니었다. 온 세상의 빛을 다 투영하는 듯 투명한 아침 햇살이 깃들어 있었다.

"내 생각이지만 좋은 요리란 좋은 식기에 담아야 제맛이죠. 셰프의 물이라면 그 정도 물 잔은 되어야 할 것 같습니다."

"셰프……"

"우리 할머니가 이집트 사람이거든요. 대대로 물려오던 잔이라고 제게 넘어왔습니다. 아직 쓴 적은 없는데 오늘 임자 제대로 만난 것 같습니다."

"그렇게 소중한 걸 제게……"

"셰프는 요리의 맛을 위해서 목숨이라도 거는 거 아닌가요? 어서 진행하세요."

"……"

세 유리잔. 그야말로 신성과 오묘의 극치였다. 물 요리, 어쩌면 그 주제에 딱 맞는 잔들이었다. 과연 뉴욕 특급 셰프의 안목은 달랐다.

"고맙습니다."

호의를 받아들였다.

쪼르륵, 쪼르륵!

물을 섞고 저으며 즐거운 마음을 보탰다.

톡!

첫 컵에 떨어진 건 초자연수의 기본인 요수였다. 일단은 식욕을 확보하고 비위를 보하는 건 기본. 물이 들어가자 유리잔이 쨍 하고 울림을 냈다. 민규의 물은 더욱 투명하게 보였다. 초자연수 기분 200% 구현이었다.

톡!

두 번째는 달고 시원한 정화수였다. 눈과 머리가 청명해지고 입안이 상쾌해진다. 초록 정기가 어린 잔은 물의 성격과 기막힌 앙상블을 이루었다.

톡!

라스트는 열탕을 소환했다. 따끈한 열탕은 양기를 보하고 경락을 열어 혈기를 사통팔달 통하게 한다. 따뜻한 느낌의 유리잔이 가치를 더해주었다.

"괜찮습니까?"

소환을 끝낸 민규가 램지를 바라보았다. 세 물 잔의 볼륨은 조금씩 달랐다. 램지의 답은 볼 것도 없이 엄지척이었다.

"제 코스 요리의 전채입니다."

물 세 잔을 거물들에게 세팅했다.

"와우!"

처음부터 감탄이 나왔다. 시선을 강탈하는 유리잔의 위엄, 그 안에 든 초자연수의 오묘한 싱그러움. 두 신성한 조화는 테이블 분위기를 장악하고도 남았다.

"원더풀, 물 요리라니 정말 독특하군요. 먹는 법도 따로 있나요?"

그리핀이 물었다.

"오늘 물은 차례가 없습니다만 마지막까지 꼭꼭 씹어 드시면 더 좋습니다."

"씹어서 먹는다……?"

그리핀이 요수 잔을 들었다. 그는 유리잔을 다른 조명에 비춰보았다. 조명을 받은 물빛은 스펙트럼으로 산란하며 더욱 신비한 느낌이 되었다.

"마치 성배를 받은 느낌이군."

한 마디 중얼거림과 함께 첫 모금이 넘어갔다.

"방금 드신 물은 식욕을 높이고 비장과 위장에 음식 먹을 준비를 시켜줄 겁니다. 가운데 물은 눈과 머리를 청량하게 만들어 기분을 상쾌하게 하지요. 세 번째 따뜻한 느낌의 물은 양기를 보하고 경락을 두루 열어 몸의 활력을 높여 요리를 즐길 수 있게 만들어줄 겁니다."

"……?"

첫 잔을 비워낸 그리핀. 꾸욱 깊은 트림을 했다. 그게 시작이었다. 위에서 신호가 오더니 소화기계 전체에 탄산이 지나간 듯 시원해졌다. 마치 카운트다운을 기다리는 우주선처럼 먹을 준비가 끝난 것이다.

"호오?"

호기심이 폭발했다. 민규의 설명은 과장이 아니었다. 믿기지 않는 듯 두 번째 물컵을 잡았다. 이번에는 신중하게 맛을 비교한다. 첫 잔과 맛이 달랐다. 물이 위벽에 닿자 먼 곳이 반응을 해왔다.

쨍!

시원하게 열리는 눈과 머리였다. 안개가 걷히듯, 시야와 머리가 청명해지는 것이다.

'이것?'

그리핀의 온몸에 칼날 긴장이 스쳐 갔다. 물 요리는 난생처음. 그러나 그 어떤 궁극의 전채 요리에 댈 게 아니었다. 마지막 물을 잡을 때는 마침내, 살짝 경련까지 일었다. 이번 물은 뜨거운 쪽이었다. 그러나 두 물을 마시는 동안 알맞은 온도로 내려왔다.

'이번에는 과연?'

세 번째 물이 들어갔다. 짜릿한 긴장 속에서 반응하는 미각 세포들. 그 몸서리를 음미하며, 조금씩 넘겼다.

"……!"

감이 왔다. 이번에는 온몸이었다. 몸 안 전체에 전기가 들어온듯 환희가 찾아왔다. 그리핀은 그 전기에 감전되어 움직이지 못했다.

아이즈먼의 반응도 크게 다르지 않았다. 온몸 구석구석이 상쾌하게 밝아졌다. 눈은 맑아지고 머릿속의 찌뿌등하던 느낌이 걷혀 나갔다. 입도 그랬다. 나이를 먹으면서 혼탁해지던 침. 그 침까지 맑아진 것이다.

"맙소사……."

두 거물들은 전율할 뿐이었다. 세계 각지의 맛집을 섭렵한 그들이지만 물 요리에 뻑 가기는 처음이었다.

"셰프, 이 물 요리, 더 맛볼 수 있나요?"

아이즈먼이 물었다.

"죄송하지만 정량입니다. 다음 요리를 드셔야죠."

민규가 미소로 비켜났다.

따라 웃는 건 루이스뿐이었다. 그는 이미 민규의 물을 알고 있는 까닭이었다.

유리공예 잔에 담긴 물 전채 요리.

기막힌 성공이었다.

'아직은 놀라지 마세요. 이제 시작일 뿐이니까.'

세 왕에게 정중한 다짐을 두고 물러났다. 왕을 위한 요리 본편에 착수할 차례였다.

─뱀밥나물샐러드.

전채 성격의 1번 타자였다.

뱀밥나물.

맹세코 지구 최초로 미식의 땅에 선보이는 요리가 틀림없었다. 그러나 최초 따위가 중요한 건 아니었다. 뱀밥은 쇠뜨기의 포자다. 기막힌 생명력을 가지고 있으니 무려 빙하기를 넘어온 생명체였다. 나아가 봄풀의 대장이다. 칼바람이 불어도 돋아나고 또 돋아난다.

이 포자를 식용하는 사람은 드물었다. 먹거리가 많아졌고 다듬는 손이 많이 가는 까닭이었다. 마디마디 치마처럼 맺힌 겉껍질을 벗겨내려면 손질 또한 여간 성가신 게 아니었다.

뱀밥나물의 출처는 차 약선방의 황삼분 할머니였다. 그리고 차만술은 할머니의 권함을 받지 않았다.

하지만 민규의 생각은 달랐다. 남들이 잘 안 쓰는 식재료라면 최고의 아이템이 될 수도 있었다. 더구나 이건 야생이 아닌가?

현대의 인간들이 그토록 열광하는 초자연의 야생 먹거리.

지장수 안에서 뱀밥나물이 새록새록 살아났다. 둥근 접시의 극단의 모서리에 불그스레한 꽃을 피워놓았다. 어떻게 보면 흉측하기까지 한 뱀밥 포자의 화려한 변신이었다.

딱 한 젓가락 분량을 올리고 태운 간장과 참나물 소스, 단호박 소스를 뿌려 마감을 했다. 고명은 가는 실체의 대추살과 잣 한 알. 소박하지만 초록의 산들에 찾아온 봄의 한 조각을 옮겨놓은 형상이었다.

"Horsetail 요리입니다. 한국에서는 봄을 알리는 전령사지요. 약간 떫은 듯하면서 알알한 맛이 숨어 있는데 부드럽게 씹히면서도 구수하고 아삭한 식감이 미각을 즐겁게 할 겁니다."

설명과 함께 접시를 세팅했다. 전채로 나온 물과 달리 실체가 있는 요리. 기막히게도 질박했다. 세 미식가가 시각 감상을 끝내고 뱀밥나물을 집었다.

맛은 어떨까?

조심, 입으로 들어갔다.

아삭!

생각보다 청량한 소리에 놀라는 세 사람. 그들의 입안에서 뱀밥나물이 미식 연주를 시작했다. 생명력이 강철 같은 쇠뜨기들. 포자 안에 숨은 초록의 맛이 미각세포 위에 초록 융단을 펼치며 아련하게 번져갔다.

"호오."

세 사람은 말을 하지 않았다. 그들 입안에 돋아난 봄의 생동감. 그걸 표현할 재간이 없었던 것이다.

—약선양고기죽.

—결명자닭간구이.

—궁중복분자소고기마.

민규의 요리에 속도가 붙었다. 양고기죽은 부드러웠다. 풍후한 맛에 오감을 녹이지만 양이 적어 아쉬웠다. 결명자닭간구이는 딱 한 점. 두툼하면서도 납작하게 썰어낸 닭간을 청주와 녹차소금으로 밑간을 하고 결명자가루에다 굴린 후에 녹말을 무쳐 두 번 튀겨냈다.

오이채 위에 올리고 태운 간장을 살짝 뿌린 후에 걸쭉한 참나물 소스를 담뿍 뿌렸다. 고명은 납작하게 썬 생삼 두 장과 대추꽃으로 마감을 했다. 닭과 어울리는 인삼과 대추로 찰떡궁합을 맞춘 것이다.

"……!"

그 닭간구이의 맛이 충격이었다. 풍후한 간의 맛에 짭조름하게 스민 간장 맛. 그 뒤에 따라붙는 참나물 소스의 향긋함이 미각을 뒤집어 버린 것.

리틀 푸아그라.

그러나 결코 밀리지 않는 맛의 보고(寶庫)…….

"후우!"

세 왕들은 입안에 남은 맛의 잔재를 아쉬워하며 숨을 골랐다.

고기 맛의 절정은 설야멱이었다. 이번에는 한국에서와 다른 방식으로 요리했다. 국화수를 얼린 후에 그 얼음을 눈처럼 곱게 갈아낸 후에 한 번 구워낸 고기를 묻었다가 꺼내 다시 구웠다. 요리 또한 세 왕의 옆에서 구워 바로바로 올렸다.

새하얀 눈 속에 들어갔다 나오는 소고기. 그들이 한 번도 보지 못한 요리법이었다. 그렇게 세 번을 반복하는 동안 왕들의 입은 옥침의 바다가 되고 있었다.

불판 위에서 한 번.

눈 속에서 한 번.

참깨 냄새에 한 번.

참기름을 입을 때 또 한 번…….

그렇게 구워낸 설야멱은 부드러운 육질의 극치를 이루고 있었다.

눈에 넣었다가 다시 굽는 설야멱.

이는 설하멱(雪下覓)으로도 전하는 단어의 재해석이었다. 구웠다 얼렸다를 반복하면 고기의 조직이 최대로 부드러워지는 까닭. 더구나 붉은 소고기와 흰 눈의 신성함이 만나며 최상의 기대감까지 형성해 주었다.

"오, 호오……."

"와우……."

왕들은 거푸 자지러졌다. 행복의 도가니가 따로 없었다. 요리의 도시 뉴욕. 그 분위기에 맞춰 업그레이드되는 민규였다.

열락의 끝은 고구마단호박자색감자부각에 더한 광대나물화전이 맡았다. 색색의 부각만 해도 놀라운 식감이었지만 왕들은 광대나물화전 쪽에 빠져 버렸다.

광대나물.

그 또한 소박하기 그지없는 야생초의 하나였다. 이파리가 광대 옷과 비슷하다고 해서 광대나물로 불린다. 꿀풀과의 꽃 중에서 가장 먼저 꽃을 피운다. 한겨울 눈이 내릴 때도 눈 녹은 사이로 고개를 내민다. 겨울 풀이라 독도 없다. 마음 놓고 먹어도 된다.

보기에는 질길 것 같지만 살짝만 데치면 야들야들하기가

새싹 못지않다. 겨울에 난 풀이라 산삼에 버금간다. 꽃까지 함께 먹으면 아련한 꽃향이 미각을 사로잡는다. 맛 자체는 자극적이지 않고 담백하니 어떤 양념을 해도 잘 어울리는 식재료였다.

할머니의 광대나물은 삶아서 말린 것. 지장수와 반천하수를 동원해 질감을 제대로 살려낸 민규였다. 그것들은 한입 크기의 화전을 겨울 초원으로 삼아 보라색 꽃밭을 이루었다.

"와우, 이 아련한 향……."

"재팬의 벚꽃 향기 같기도?"

"아니, 차이나의 매화향?"

세 왕이 설왕설래할 때 민규가 정답을 내주었다.

"엄동설한 눈 속에 피는 코리아의 매화향과 닮았죠. 하지만 그 향은 광대나물의 것이니 원래의 이름으로 불러주시기 바랍니다. 끊길 듯 지워질 듯하지만 무궁한 여운으로 따라오는 향은 결코 다른 이름으로 불릴 수 없으니까요."

"그렇군요. 그 말이 딱입니다."

그리핀은 공감의 표시로 무릎을 쳐주었다.

세 왕은 흡족한 표정을 지었다. 하지만 그들이 느낄 감동은 아직 한 자락이 남아 있었다.

"……!"

애피타이저 접시를 본 세 왕의 표정이 다시 요리에 압도되었다. 투명한 양갱, 그리고 양갱 안에 조각된 무화과 때문이었다. 직사각형 초록의 양갱 안에 든 무화과 한 조각.

그러나 무화과까지의 투명은 무려 일곱 겹이었다. 이윤의 상지수 중첩포막(包膜)법을 살짝 선보였으니 일곱 빛깔 양갱의 색이 투명한 크레페나 밀푀유를 연상케 한 것이다.

한없이 투명한 색감이 세 왕의 시선을 사로잡았다. 비단 색감만이 아니었다. 꿀을 더한 녹차양갱이 중간에 있었으니 맛자체도 기가 막혔다. 일곱 색깔 양갱과 함께 씹히는 무화과의 맛. 곁들임 차는 용안산조인차. 머리를 많이 써서 피로한 사람에게 좋았으니 녹차양갱과 더불어 잘도 어울렸다.

"원더풀, 이렇게 투명한 밀푀유 푸딩은 처음입니다. 구상 단계에서 막혔던 몇 가지 코딩이 줄줄 생각나는 성찬입니다!"

필살기 코팅에 만족한 그리핀은 별 다섯 개 대만족.

"Same Here. 나도 투자처에 대한 판단이 산뜻하게 서는군요."

아이즈먼 역시 별 다섯 개의 대만족.

"Ditto."

루이스까지 합세하며 찬사를 쏟아냈다. 왕들의 얼굴 근육은 편안하게 풀어져 있었다. 감정의 끈을 풀고 맛을 제대로 즐겼다는 뜻이었다.

찬사 속에서 한 사람, 램지의 표정만은 살짝 어두웠다. 세 사람은 모두 그의 VIP들. 만족스레 먹었으니 행복했다. 하지만 아직 자신의 요리가 남았다. 요리는 맛이 중요하다. 하지만 더 중요한 게 있었다. 바로 그 요리를 먹는 위장의 상태. 그게 만땅이 되면 산해진미도 필요가 없어진다. 그러니 고민되지 않을 수가 없는 것이다.

"셰프!"

민규가 다가왔다. 램지는 엄지척을 잊지 않았다. 이유야 어쨌든 민규의 요리는 훌륭했다. 그저 동양의 맛을 가져온 게 아니었다. 고객의 취향과 상태를 잘 반영한 메뉴들이었던 것이다.

독특한 요리.

호감은 끌 수 있다. 하지만 요리의 승부수는 결국 맛이다. 맛이 없다면, 호감으로 한두 번 시도할 수는 있지만 그 이상은 아닌 것이다.

"요리의 양을 줄이셨군요?"

민규가 재료를 보며 물었다.

"그래야 하지 않겠어요? 셰프의 판타스틱한 요리로 배가 살짝 부르셨을 테니."

"죄송하지만 20% 초과, 다시 한번 부탁드립니다."

"셰프."

"부탁합니다."

민규는 완곡했다. 이미 민규의 실력을 본 램지. 초면이지만 신뢰가 있었다.

'할 수 없지.'

덜어냈던 재료를 다시 보탰다. 홈그라운드의 램지. 젊은 셰프의 부탁조차 외면하는 쪼잔한 셰프가 되고 싶지 않았다.

램지의 스타트는 거품이 속살거리는 랑귀스틴이었다. 보기에도 즐거운 전채였다. 다음으로 푸아그라 테린이 출격했다. 발사믹으로 절인 딸기와 토마토 세 조각이 식감을 높여주었다. 세 번째 요리는 양고기 콩소메. 그 역시 20% 초과 용량을 퍼 담았다. 그런데, 세 왕들은 콩소메를 깔끔하게 비워냈다. 체면상 마지못해 먹어주는 것도 아니었다.

'뭐야?'

램지의 고개가 갸웃 돌아갔다. 민규를 돌아보지만 민규는 빙그레 웃을 뿐이었다.

당신이 최고예요.

계속하세요.

그 뜻이 담긴 엄지였다.

생햄으로 감싼 송아지고기가 익어갔다. 대구 익는 냄새도 기가 막혔다. 민규는 램지의 요리 과정에 집중하고 있었다. 풍미를 살리기 위한 손길이 이어졌다. 일반적인 상식과 달리 불판 위에서 구운 소금을 뿌리는 램지. 소금을 맞은 고기에 불길이 닿자 맛 향이 진동을 했다.

초자연수를 생각했다. 램지 타입이라면 굳이 처음부터 넣는 것으로 만족할 수 없었다. 요리에 따라서는 중간에, 혹은 마지막에 첨가하면서 맛의 물결을 살릴 필요가 있었다.

생햄말이 송아지구이가 나갔다. 20% 이상 두툼한 구성이었지만 소스조차 남지 않았다. 하얀 리조토를 곁들인 대구구이도 그랬다. 그 또한 남은 게 없었다.

'허어!'

램지는 이미 제정신이 아니었다. 뭔가에 홀린 것만 같았다. 그렇지 않고서야 세 왕이 이렇게 많은 요리를 먹어치울 수가 없었다. 식탐을 하는 미식가들이기 아니기 때문이었다. 이마에 선뜩한 땀방울이 맺혀왔다. 민규가 냅킨을 뽑아 건네주었다. 그걸 받아 든 램지, 민규를 보고 가슴이 출렁거렸다. 이황당한 상황의 연출… 가만 짚어보니 황당하지 않았다. 민규의 요리는 요리의 양까지 치밀하게 계산된 연출이었다.

'이 친구……'

등골이 오싹해 왔지만 넋을 놓을 수 없었다. 아직 남은 요리가 있는 까닭이었다.

구운 두부와 토마토 샐러드로 정찬의 끝을 맺었다. 마무리는 버터와 바닐라를 넣은 부드럽고 달콤한 크레페가 맡았다. 그것까지 착하게 해치운 세 왕은 그제야 포만감을 드러냈다.

"와우, 굉장한 날이었습니다."

"그러게요. 이건 기대 이상입니다."

두 왕의 시선이 루이스에게 건너갔다.

"요리에 빠져서 저는 모처럼 과식을 한 듯……."

루이스가 어깨를 으쓱해 보였다.

"내 말이 그 말이오. 실은 램지 셰프의 요리는 맛만 보고 말 생각이었는데 한없이 들어가지 않겠소?"

"저도 그랬습니다. 코리아 셰프의 요리를 먹고 나니 구미가 잔뜩 땡기는 바람에… 이 셰프의 요리는 배를 채우는 게 아니라 비우는 요리였습니까?"

그리핀이 민규를 바라보았다.

"그런 기도를 하기는 했지만 램지 셰프님의 요리가 매력적이기 때문이 아닐까요?"

"이 셰프."

거기서 램지가 나섰다.

"미안하지만 진실을 밝혀주십시오. 내 상식으로는 있을 수 없는 일이 일어났습니다. 여기 세 분은 지구가 무너질 때 사과나무는 심을지언정 결코 이런 과식은 하지 않습니다."

진실을 밝혀!

주인장의 애정 어린 협박이 나왔다.

"램지……"

"당신의 배려였지요?"

"……"

"아마 그랬을 겁니다. 이 셰프, 모두가 궁금해하시니 말씀하시는 게 좋을 것 같습니다만."

듣고 있던 루이스가 민규를 재촉했다. 그는 램지의 생각을 지지하고 있었다. 민규라면, 민규의 요리라면 그러고도 남을 일이었다.

"정 그러시다면……"

별수 없이 민규가 말문을 열었다.

"램지 셰프의 말씀이 맞습니다. 오늘 세 분이 정찬을 드시기로 하셨지만 저와 램지 셰프가 함께 요리를 해서 구성하면 결국에는 포만감 때문에 살뜰한 맛을 보기가 어려웠을 겁니다. 그렇다고 중세의 프랑스 귀족들의 연회처럼 토하면서 먹을 수도 없는 일이겠지요."

"……"

민규의 설명에 네 사람이 함께 집중했다.

"요리사는 누구든 자신의 테이블에 앉은 사람에게 마음을 담은 접시를 내게 마련이고, 그 접시가 깨끗하게 비워지기를 바랍니다. 저 역시 귀한 분들에게 선보이는 요리였기에 그런 마음이 있었습니다. 하지만 제 요리로 세 분이 배를 채우면 램지 셰프의 요리까지 다 비워내기는 어려울 수밖에 없지요."

"……"

"그건 제가 바라는 일이 아니었습니다. 왜냐면 여기는 램지 셰프의 주방. 주방을 빌려 쓰는 것만 해도 영광인데 그에게 피해를 주면 안 되기 때문입니다."

"……"

"그래서 제가 잘하는 물 요리로 세 분의 식욕을 올리고 비장과 위장의 기능을 활성화시켜 평소보다 더 많은 요리를 먹을 수 있도록 사전 조치를 한 후에 요리를 구성하게 되었습니다."

"잠깐만요, 셰프."

거기서 그리핀이 나섰다.

"그러니까 셰프는 지금, 우리가 먹을 식사량까지 이미 결정했었다는 겁니까?"

"그렇습니다, 혹 기분이 상하셨다면 죄송하게 생각합니다."

"맙소사, 요리야 셰프의 영역이지만 손님의 식사량까지 조절할 수 있단 말입니까?"

"식사량만이 아니라 몸의 상태도 그랬습니다만."

"몸의 상태?"

"식욕 외에도 머리가 시원하고 눈이 밝아졌을 겁니다. 더불어 온몸의 정기도 잘 통하고 있을 테지요. 즐거운 식사가 되도록 전채로 드린 물로 몸의 기능을 활성화시켜 드렸기 때문입니다."

"……!"

그리핀과 아이즈먼이 휘청 흔들렸다. 아까부터 한없이 가뜬해진 몸, 그 또한 민규의 효과였다니?

"그게 다는 아니죠."

램지가 주의를 환기시켰다.

"램지……"

"말하는 김에 다 말해주세요. 어차피 오늘의 주인공은 당

신입니다. 나 지금, 당신 같은 셰프를 만나서 무척 해피하거든
요."

"……"

"셰프."

"그렇게 말씀하시니 고백합니다만 주제넘게도 셰프께서 요
리할 주제에서 벗어나지 않는 범위에서 예고편 형식으로 길잡
이 노릇을 했습니다."

"하핫, 바로 그거요."

램지가 손뼉을 치며 공감을 표했다.

"아, 그러고 보니……"

루이스가 먼저 그 말뜻을 알았다. 민규의 요리. 램지의 소
재에서 크게 벗어나지 않았다. 닭간은 거위간 푸아그라의 예
고편으로, 양고기죽은 콩소메, 설야멱은 송아지고기 구이, 뱀
밥나물샐러드는 구운 두부와 토마토 샐러드, 양갱 코팅은 크
레페 등으로 연결시킨 것. 그 요리 속에는 램지를 누르려는
의도가 아니라 그를 돋보이게 하려는 배려가 깔렸으니 램지를
부각시키면서도 자신의 요리를 살려낸 민규였던 것이다.

"원더풀!"

짝짝!

아이즈먼과 그리핀의 찬사가 쏟아졌다. 최고의 맛에 최고
의 배려, 거기에 몸의 활력까지 구현한 요리. 소박한 식재료로
최고의 분위기를 연출한 민규에 대한 인정이었다.

"세상에, 한국에 이런 셰프가 있었다니······."

아이즈먼의 시선이 루이스에게 돌아갔다.

"저도 이번에 알았습니다. 크게 기대하지 않던 요리 대회의 심사위원장을 맡았는데 거기서 이 셰프라는 절세의 보석을 만났죠."

"덕분에 오늘 우리가 이렇게 맛의 신세계를 경험했고요?"

"다 제 말을 믿어주신 두 분 덕분입니다."

"루이스의 미각을 믿지 않으면 누굴 믿겠습니까? 이거 정말 행복한 경험이었습니다."

아이즈먼과 그리핀은 같은 말을 몇 번이고 반복했다. 그토록 만족스러운 까닭이었다.

"셰프."

테이블에서 일어나 작별 인사를 하던 아이즈먼이 민규를 바라보았다.

"10만 불을 내도 아깝지 않은 시간이었습니다. 곧 한국으로 돌아간다고요?"

"예."

"근간 한국에 갈 일이 있는데 꼭 들르겠습니다. 셰프의 요리는 이미 내 마음속에서 미슐랭 별 세 개로 떠 있거든요."

"저도 그렇습니다. 코딩이 막힐 때마다 이 셰프를 찾아가야겠어요."

그리핀도 공감을 표했다. 민규의 연락처를 받아 든 두 사람,

흐뭇한 마음으로 레스토랑을 떠났다.

"와하하핫!"

두 사람이 멀어지자 루이스가 폭풍 웃음을 터뜨렸다.

"덕분에 좋은 경험했습니다. 멋진 분들도 모셨고요."

민규가 인사를 전했다.

"무슨 말이오? 나야말로 셰프에게 고맙습니다. 세상의 아름다운 맛을 전파하는 것, 그 또한 미식가의 즐거움이자 사명이거든요."

"예······."

"이거 아무래도 셰프를 뉴욕이나 파리로 납치해 와야겠어요. 아니, 램지, 우리 아예 이 셰프의 여권을 뺏어서 태워 버릴까요? 한국으로 돌아가지 못하게?"

루이스가 램지에게 동의를 구했다.

"좋죠. 솔직히 겉멋 든 친구들도 많은데 질박한 분위기에 실력까지 갖춘 셰프를 만나니 기분이 너무 좋습니다. 아무래도 우리끼리 한 테이블 더 차려야 하지 않겠습니까?"

"좋죠. 제가 차려보겠습니다."

민규가 팔을 걷고 나섰다.

"아닙니다. 아까 내 체면 세워준 것만 해도 고마운데 그럴 수야 없지요. 두 분은 여기 앉아서 기다리십시오. 제가 푸짐하게 차려보겠습니다. 아, 이 셰프는 가능하면 우리 루이 배를 좀 비워주고 저한테는 그 신기한 물 요리나 한 컵······."

"그렇게 하죠."

민규가 답하자 램지는 잰걸음으로 주방으로 향했다.

"우리 램지 셰프, 진짜 좋은 사람이죠?"

"네, 실력도 좋은데 사람은 더 좋아 보입니다."

"요리 마인드도 최고인 셰프입니다. 미슐랭 별 반납하는 거보면 두말 다 했죠. 두 사람이 국적도 나이도 다르지만 좋은교분 이어가면 좋겠습니다."

"저야 영광이죠."

"아, 그리고 미슐랭 별이 나왔으니 말인데 혹시 이 사람 본적 있나요?"

루이스가 핸드폰의 사진을 보여주었다. 훤칠한 미남의 중년백인이었다.

"초면인데요?"

"요즘 아시아 각국을 돌면서 미슐랭 별을 준다며 대가를 요구하고 튀는 악질 브로커입니다. 태국과 중국, 라오스에서는내 이름을 사칭하기도 했다더군요. 이름은 안토니, 원래 미식산업에 종사했는데 마약을 즐기다 후각에 문제가 생기면서 미식을 상실하더니 제3세계 등지를 돌며 사기를 일삼고 있습니다. 셰프에게도 갈 수 있으니 참고하세요."

"예."

"이 친구의 행태는 두 가지입니다. 하나는 미슐랭 별이나 월드 레스토랑 순위를 알선한다고 하면서 요리 접대와 대가를 요구하거나, 만약 상대가 거절하면 음식에 문제가 있다고 협박을 합니다. 잘나가는 레스토랑이라면 문제 제기가 부담스럽게 되니 그 또한 무마비를 뜯어내는 구실로 삼는다고 하더군요."

"……."

"나도 안면이 있는 사람인데 어떻게 그렇게 타락할 수 있는지……."

루이스의 표정이 쓸쓸하게 변했다.

"알겠습니다, 그런데?"

민규의 촉각이 주방으로 향했다. 주방에서 피어 나오는 냄새가 너무 익숙했던 것이다.

"왜 그러죠?"

'설마?'

민규의 촉각이 곤두섰다. 촉각의 긴장은 현실이 되어 돌아왔다.

턱, 턱, 턱!

램지가 요리를 내려놓았다.

닭간튀김.

설야멱.

뱀밥나물샐러드.

그리고 고구마호박가지부각이었다.

"하핫, 이 셰프의 요리가 너무 담백해 보여서 내가 카피를 좀 해보았습니다. 원작만은 못하겠지만 호기심과 성의로 알고 먹어주세요."

램지가 머쓱한 듯 목덜미를 긁어댔다. 함께 곁들인 건 시원한 화이트 와인. 그 병도 범상하지 않았다.

"맙소사!"

병을 본 루이스가 입을 쩌억 벌렸다.

"황제만 마신다는 에센시아입니다. 제가 인생에 좋은 일이 생기면 마시려고 아끼던 건데 오늘 까야겠습니다. 이 셰프, 시들어가던 제 요리 영감에 벼락을 친 사람이니까요."

"이야, 덕분에 내 혀도 호강하게 생겼군요. 포도는 물론이고 발효부터 차원이 다른 에센시아라니……."

미식의 달인 루이스도 기대감으로 가득했다. 그만큼 귀한 와인을 내온 램지였다.

꼴록꼴록!

병목을 차고 나오는 소리도 달랐다. 500$m\ell$ 병의 와인은 불공평하게 나눠졌다. 민규에게 절반이었고 나머지 절반을 램지와 루이스가 나눈 것이다. 민규는 황송해했지만 램지는 고집을 꺾지 않았다. 와인 맛은 기가 막혔다. 포도의 진수가 거기 있었다.

"자, 이제 제 카피를 맛봐주시죠. 이거 이 셰프가 뱉으면 곤란한데……."

램지가 요리를 권했다.

초자연수 없이 만든 거라 민규의 맛만은 못했지만 재료의 맛을 제대로 살린 요리였다. 한번 보면 그대로 베껴내는 실력. 과연 초절정 내공의 셰프다웠다.

"제 것보다 나은데요?"

민규, 뱀밥나물샐러드에 이어 닭간을 깨물었다.

와사삭!

맑은 메아리를 내는 튀김 소리는 차라리 달콤한 파멸처럼 들렸다.

"램지."

"예, 셰프."

"제가 듣기로 셰프께서는 세 명의 스승이 있다고 하던데 궁금하군요. 어떤 분들인가요?"

"흐음, 루이가 말했군요?"

램지가 루이에게 슬쩍 눈치를 주었다.

"하핫, 쏘리. 내가 두 사람을 워낙 좋아하다 보니……."

루이스가 어깨를 으쓱해 보였다.

"그거 사실 별거 아닙니다. 내 스승 셋은 어머니와 그리움, 그리고 제 고객들이거든요."

"……?"

어머니.

그리움.

고객.

민규의 기대와는 조금 먼 답이 나왔다. 저 유명한 별 세 개 레스토랑의 전설적인 셰프들이 아니었다.

"실망하셨을지도 모르지만 제 요리는 그 셋이 바탕입니다. 따뜻한 요리를 해놓고 우리를 기다리던 어머니의 마음. 어떤 요리를 먹을 때 그 속에 깃들어 있는 추억과 아련한 그리움들. 그리고 제 요리에 대해 좋은 말과 나쁜 말로 늘 자극을 주시는 고객들. 남들은 웃을지 모르지만 어떤 스승에 못지않다고 생각합니다."

'아.'

공감 100%였다. 요리에 있어 최고의 미덕은 어머니의 마음이다. 자식을 위해, 혹은 가족을 위해 따뜻한 손길의 수고를 마다하지 않는 마음. 그저 잘 먹어주는 것 외에 무엇도 바라지 않는 손길처럼 자애롭고 감미로운 요리를 꿈꾸는 게 셰프들의 공통점이었다.

다음은 추억이다. 모든 요리에는 추억이 깃든다. 아름다운 추억은 무엇보다 맛난 요리를 만든다. 마지막으로 고객. 그들의 말에 귀 기울이며 공감을 나누지 않는다면 요리사가 무슨 소용일 것인가?

램지의 세 스승.

어떻게 보면 민규의 세 스승과도 닮았다. 민규의 스승이 된 세 전생도 자애롭다. 조건 없이 민규에게 경험을 공유시켜 주는 까닭. 그들의 경륜은 램지의 고객들처럼, 때로는 경계가 되고 또 때로는 격려가 되어 민규의 토대가 되어가고 있었다.

'과연······.'

털털한 램지가 존경스럽게 보였다. 좋은 요리사가 된다는 것. 단순히 요리만 잘한다고 되는 건 아니었다.

"램지. 궁금한 게 또 있는데요."

"말씀하세요. 뭐든지 가능합니다."

"미슐랭의 별을 마다하셨다고요?"

"아, 그거요······."

램지가 머쓱한 표정을 지었다.

"별을 버리니 뭐가 좋던가요? 다들 별을 따려고 안달인데······."

"별이 황제의 왕국이라면 지금은 아담한 오두막이랄까요? 치열한 형식과 격식을 내려놓으면 푸근하고 정겨운 맛에 더 가까워질 수 있습니다. 보이는 것이 아니라 맛에 더 열중할 수 있는 거죠. 물론 제 기준입니다."

"후회는 없고요?"

"절대요. 별을 따보지 않은 셰프들은 별에 목을 맬지 모르지만 이미 가져본 사람에게는 별거 아닙니다. 남자들이 흔히 그런 말하지 않습니까? 미녀를 얻어도 막상 결혼해서 같이 살면 평범한 여자에 불과하다는······."

"······."

램지의 설명은 민규에게 깊은 울림이 되었다.

미슐랭의 별이라는 구속에서 벗어난 램지.

멋진 셰프가 아닐 수 없었다.

그날 밤, 민규는 램지의 레스토랑에서 밤을 새웠다. 램지의 셰프 수련기를 들었다. 그의 눈물을 듣고, 요리 철학을 들었다. 그의 이야기는 구수한 숭늉처럼 질리지도 않았다. 간간이 정화수를 소환해 그의 갈증을 달래주었다.

뉴욕에서의 마지막 밤은 그렇게 깊어갔다. 에센시아의 달콤한 여운에, 소박한 램지의 인간미를 더해······.

5. 뉴욕에서의 영감, 영감!

그날은 왔다.

한국으로 돌아가는 날, 민규는 테라스의 테이블에서 모닝커피를 마시며 일상을 정리했다.

이제 남은 미션은 하나였다.

'뉴욕의 맛집 순례.'

즐거운 마음으로 호텔을 나섰다. 뉴욕의 식당가들은 보는 것만으로 행복했다. 곳곳에 미슐랭의 별이 보였다. 월드 레스토랑 인증이 보였다.

별 세 개짜리 식당 앞에서 메모를 펼쳤다. 루이스와 램지가 엄선해 준 레스토랑 이름이 보였다. 다른 셰프들이 펼치는 맛의 세계, 그건 민규에게도 피를 끓게 하는 호기심이었다.

'별 세 개······.'

식당 앞에서 반짝이는 별은 하늘의 그것보다도 반짝거렸다.

'좋다.'

괜히 부자가 되는 것 같았다.

세계적인 맛집 평가는 몇몇 주체에 의해 결정된다.

프랑스의 미슐랭 가이드.

미국의 자가트 서베이.

영국의 월드 베스트 어워드 50······.

레스토랑에 대한 평가는 영국의 어워드가 유명하다. 그들은 여러 업체의 후원과 함께 그들이 엄선한 800여 명의 전문가 그룹의 참여로 맛집을 선정한다.

2,000년대가 되면서 맛에 대한 전통적인 인식도 많이 변했다. 분자요리의 등장 때문이었다. 미식가들은 분자요리와 창작요리에 열광을 하고 있었다.

덕분에 신진 요리사들이 창작요리로 분전하는 레스토랑 '노마' 같은 곳이 부각되었다. 분자요리를 중심으로 하는 스페인의 레스토랑들이 약진한 것도 이런 이유 때문이었다.

반면 분자요리에 눈길을 주지 않는 다른 스페인의 레스토랑들은 순위가 곤두박질쳤다. 건강한 요리를 표방하는 레스토랑들도 인기는 있지만 맛이 떨어진다는 평가로 순위표에 들지 못하는 형편이었다.

하지만 어워드 50의 최상위에 랭크된 식당들은 건강한 요리에 더불어 맛까지 잡고 있었다. 거기에 분자요리와 창작요리를 더하니 순위가 높을 수밖에 없었다.

미식가들은 새로운 것을 원했다. 전통의 맛을 지키면서도 이제껏 경험하지 못한 미식의 세계. 민규의 궁중약선요리도 거기 속했다.

그래서 보고 싶었다. 최고의 레스토랑들은 어떤가? 그곳의 셰프들은? 그곳의 요리들은? 뉴욕에서도 최고 그룹에 꼽히는 램지의 실력을 보았지만 그 하나로는 성이 차지 않는 민규였다.

'미구엘, 텐 매디슨 파크, 라스코……'

루이스와 램지가 공통으로 추천한 곳이었다. 예약이나 멤버십만 갈 수 있는 테이블도 있었지만 루이스의 배려로 해결이 되었다.

첫 목적지의 레스토랑 안으로 들어섰다.

미구엘……

뉴욕 맛집의 상징이랄 수 있는 곳이었다. 화려한 꽃꽂이부터 시선을 끌었다. 고전적인 인테리어도 품격을 더하고 있었다.

푸근한 레스토랑을 상상하던 민규에게는 신선한 충격이었다. 오랜 전통이라는 것이 꼭 소박한 대물림이나 중세풍만은 아닌 것이다.

메뉴는 전통 프랑스 요리에 모로코의 독특한 개성을 조합한 것들이 많았다. 그조차 현대적인 재해석이라는 창의성이 깃들었다.

손님들이 선호하는 메뉴는 스칼렛과 셀러스 코스……

"셰프에게는 스칼렛 코스를 추천합니다."

루이스의 말이 스쳐 갔다. 스칼렛은 토마토와 과육, 그리고 파이 콩소메가 주력이었다. 민규의 약선요리와 통하는 면이 있었다. 그러나 셀러스는 야생 후추를 베이스로 싱싱한 샐러드와 곁들여 구워진 쇠고기 요리.

"Both!"

고민하지 않고 '둘 다' 주문했다.

루이스의 연락을 받은 수석 셰프가 직접 민규를 응대했다.

요리가 나오기 시작했다. 그것들은 하나하나가 감동이었다. 접시 하나는 화가의 캔버스였고, 그 캔버스의 공간은 결코 허투루 장식되지 않았다. 소스의 거품과 고명 하나조차도 색감과 맛의 밸런스를 맞추는 것이다.

노랑은 더욱 노랗게, 심지어는 흰색조차도 더욱 희게 강조하는 요리. 민규는 요리에 앞서 감동을 먹었다. 누구든 자신의 테이블에서 요리를 먹는 순간만큼은 지상 최고의 즐거움을 느끼게 하고 싶다는 수석 셰프의 설명. 그 말 또한 민규에게는 미래의 길잡이가 되었다.

식사가 끝나자 수석 셰프의 안내로 주방 구경을 했다. 루이스의 파워가 작동한 게 분명했다.

주방의 동선은 기가 막혔다. 분야별로 포진한 셰프들도 인상적이었다.

"아쉽군요. 루이스가 말하기를 당신, 요리도 기막히지만 특히 물 요리가 독보적이라고 하던데… 바로 한국으로 돌아가야 한다니……."

선한 미소를 짓는 셰프에게 정화수 한 컵을 만들어주었다.

"와우, 미라클!"

속이 시원해진 셰프가 감탄을 자아냈다.

나오는 길에 주방을 돌아보았다.

'맛의 제국.'

그런 생각이 절로 들었다. 하나같이 몰입 중인 셰프들. 그들은 요리가 아니라 작품을 만들고 있었다. 과연 뉴욕이었다.

두 번째 방문은 텐 매디슨 파크였다. 가격이 높지만 최고의 식도락가들이 찾는다는 곳. 스페셜 나이트 메뉴에 더해 미국의 전통 코스 요리를 새롭게 재해석한 신메뉴도 주문했다.

요리가 나올 때마다 민규의 머리에 감성 폭풍이 일었다. 민규의 약선요리가 기능적인 면을 중시한다면 이들 요리는 맛과 외양에 충실하고 있었다. 사진 따위는 찍지 않았다. 요리를 보면 감이 오는 민규였다. 어느새 민규도 고수의 반열에 와 있는 것이다.

포만감이 들면 요수를 마셔 입을 씻어내고 위를 비워냈다. 식탐이 아니라 맛의 탐구였기에 그럴 가치가 있었다.

소박함의 대명사로 불리는 라스코 역시 기막힌 경험이었다. 앞선 두 레스토랑과 달리 푸근한 곳으로 비건 명사들이 주로 찾는 곳이었다.

여기서 교포 3세 한국인 셰프를 만났다. 그는 동양 파트의 책임자였다. 그의 요리는 주로 사찰식이었다. 거기에 살포시 가미된 뉴욕 타입의 현대 요리. 전통와 현대의 만남은 한국 요리라고 예외는 아니었다.

대추설기에 메추리알찜이 나왔다. 멥쌀에는 초콜릿이 가미되어 진한 고동색 물이 들었다. 한입 베어 무니 달콤한 맛에 피로가 가시는 기분이었다. 메추리알찜은 우유에 치즈를 매치시켰다. 중탕을 한 뒤에 메추리알 하나를 깨 넣고 다시 한번 쪄낸 것. 노란 알 위에 쑥갓잎 한 조각을 띄워 포인트를 주었다.

한입 떠 넣으니 부드러우면서도 푸근한 맛이 일품이다. 작은 종기에 담긴 찜을 박박 긁어 먹었다. 뉴욕 요리의 영감을 한 조각도 놓치고 싶지 않았다.

접시가 깨끗이 비워졌다.

사실은 접시까지도 먹을 뻔했던 민규였다.

마지막 코스는 디저트 전문점 '아이뮤즈'였다. 먹는 요리에서 보는 요리로 바뀌어가는 세상. 세 전생의 내공이 살짝 헐렁해지는 분야. 민규는 결코 세 전생이 준 축복으로 천년만년 벗겨 먹고 살 생각은 없었다. 여기서도 루이스의 이름이 빛을 발했다. 주방을 보는 건 물론이고 식사비조차도 받지 않은 것.

—디저트도 그 자체로 하나의 완성된 요리.

민규는 거기서 다시 한번 깨었다. 달콤함의 완성판은 감격의 절정이었다. 상상력을 살짝 넘어가는 소금캐러멜아이스크림, 세 가지의 베리소르베와 바나나크림브륄레는 환희의 과정을 고스란히 재현해 주었다. 케이크 역시 민규의 상상 너머였다.

절제된 각의 조화를 이룬 케이크는 기하학을 맛으로 승화해 놓은 것 같았다. 한 조각을 무는 순간 칙, 성냥을 쳐서 불꽃을 만들 듯 명쾌하고 선명한 맛이 미각을 흔들어놓았다. 고명처럼 올라앉은 식용꽃과 과일 조각들도 허투르지 않았다.

"……!"

민규의 시선은 식용꽃에 꽂혔다. 흰색, 노랑색, 빨강색의 꽃이 한데 어울려 장미 형상을 이룬 것이다. 그중 하나를 집어 살짝 포개보았다. 잎의 가장자리에 끼워도 보았다.

'아!'

치익!

뇌리에 성냥불 하나가 그어졌다.

문어와 오징어를 오려 온갖 모양을 내는 궁중요리. 그러고 보니 꽃으로도 못할 게 없었다. 일식과 중식도 과일이나 뿌리채소 등을 조각해 기막힌 모양을 내지 않는가? 고작 작은 플레이팅 감각에 만족하며 자부심을 뽐던 민규. 살짝 부끄러워졌다.

더불어, 테이블을 장식한 향초… 달콤함에 달콤함을 더하는 향초의 시너지.

"……?"

거기서 또 하나의 영감이 빡세게 달려들었다.

모깃불…….

모깃불로 피워놓는 약쑥이 그랬다. 쑥 타는 냄새는 역겹지 않다. 그러나, 태울 수 있는 것이 비단 약쑥만 있는 건 아니었다. 쑥을 태우면 쑥 냄새가 아련하고 솔잎을 태우면 솔 향이 애잔하다.

이는 여러 가지로 유용하다. 단내, 불내음, 그슬린 맛이 어울리는 火형은 물론이고 향내의 土형, 화한 맛이 좋은 金형에게도 좋은 매치가 될 수 있었다.

더구나 솔 향은 많은 한국인이 선호하는 향. 약선요리와도 궁합이 좋았으니 어느 테이블이든 분위기를 업그레이드시켜 줄 아이템이 분명했다.

고마워.

꽃과 향초에게 인사를 전했다.

소중한 영감이었다.

유리공예와 꽃 조각, 그리고 향초…….

달콤한 디저트만큼이나 달달한 소득이었다.

민규가 일어선 자리에 아련한 아우라가 남았다. 종업원이 테이블을 치운 후에도 그 아우라는 사라지지 않았다. 아니, 오히려 더 진하게 피어올랐다. 두 아우라에서 나온 형상은 환생 메신저와 전생 메신저였다. 인생역전 시스템의 중간 체크 과정이었다.

[간만에 찰지게 사는 인간인데? 이번 세기 들어 처음으로 추가 보너스 필살기까지 얻었어.]

환생 메신저가 중얼거렸다.

[가장 높은 곳에서 가장 겸허하기, 결국 그걸 해내네. 하긴 피, 땀, 눈물로 얼룩진 전생발이 있잖아? 그 바탕이 어디 가겠어?]

[그렇긴 하지.]

[이 친구 당첨 운명 괘가 뭐였지?]

[잠깐.]

환생 메신저가 허공을 휘젓자 신성을 머금은 문구가 빛을 발했다.

吉星照門 貴人相對(길성조문 귀인상대).

陰陽和合 萬物化生(음양화합 만물화생).

[귀인과 대면하리니 도움이 되리라. 거기에 음양과 안팎의 화합…….]

전생 메신저가 문구 뜻을 읊조렸다.

[운명의 패도 중요하지만 그걸 자기 것으로 만드는 건 결국 그 인간의 바탕이지. 이 시스템의 단점이 피, 땀, 눈물의 대가 없는 대박을 줌으로써 영적인 성숙이 어렵다는 거잖아? 그런데 이 인간은 그 길을 찾아가고 있어.]

[조실부모에 불치 동생 부양한 자양분 덕분일 거야.]

[그걸 망각하지 않는 게 기특하다는 거야. 많은 대박 수혜자들이 대박 기회를 세상을 향한 삐뚤어진 복수심이나 과시 따위로 일관하다가 결국 살해당하는 경우까지 나오잖아?]

[대박 운을 관리하지 못해 처음보다 더 망가지는 인생이 한둘이 아니지.]

[이민규 이 친구는 말이야, 모처럼 시스템의 보람 좀 느끼게 만들 것 같지 않아? 주어진 행운빨만 믿고 가는 게 아니라 자기 것으로 만들면서 발전을 도모하고 있으니?]

[그래야지. 전생 공덕이 무려 셋 아닌가? 그들은 모두 조실부모에 인생파국과도 같은 상황에서 출발했지. 완전한 제로 베이스에서 자기 눈으로 세상을 보며 성취를 일궈낸 전생들이니 그 저력이 후생의 어딘가에 바탕으로 남았을 일.]

[가자고. 다음 당첨자가 쿠바 쪽이지?]

[오케이.]

전생 메신저가 답하자 두 개의 아우라가 흐려지기 시작했다. 잠시 후, 민규가 앉았던 테이블에는 깡충 내려앉은 햇살만이 선명할 뿐이었다.

*　　　*　　　*

민규의 마무리 방문은 뉴욕의 화랑가였다. 천명화의 그림을 찾아간 것이다. 아름다운 식사에 이어지는 명화나 명곡 감상. 그보다 더 우아한 삶이 있을까?

"아!"

천명화의 그림을 만났다. 유태인 재벌이 사들인 그림들. 그 가운데 천명화의 그림에 다섯 점이나 있었다. 그림들도 천상의 요리처럼 보였다. 웅장한 화랑의 분위기와 더불어 그림은 민규를 압도하기에 충분했다.

안녕, 셰프.

그림이 인사를 해왔다.

안녕하세요, 화백님.

민규도 인사를 받았다.

인연이란 묘하다. 그에게 요리를 대접하고 그림을 받았다는 것만으로도 각별한 마음이 들었다.

내 그림 어때요?

그녀가 물었다.

이 화랑에서 최고로 맛있어 보여요.

셰프답게 대답했다. 뉴욕 일정의 마지막이었다.

민규 요리의 연결에 전생이 있다면 한국과 뉴욕의 연결에는 비행기가 있었다. 비행시간은 길었지만 결국 한국에 도착했다. 혼자 공항을 나와 초빛으로 향했다. 종규의 마중은 없었다. 민규가 비행기 시간을 잘못 알려준 까닭이었다. 현지 시간과 한국 시간을 잠시 착각한 것이다.

공항버스에서 내린 후에 택시를 잡았다. 이제 한강이 지척이었다.

'응?'

초빛으로 진입하는 도로에 낯선 게 보였다. 초대형 간판이었다.

20년 전통 약선요리 차 약선방.

약선 재료를 배경으로 넣고 우뚝 세운 간판이었다. 그러고 보니 차 약선방으로 올라가는 길도 변했다. 깨끗하게 단장이 된 것이다. 돈이라도 써서 민규를 눌러보자는 걸까?

'하여간 저렴하긴……'

피식 냉소를 뿜을 때 식당이 눈에 들어왔다. 그런데…….

"……!"

이번에는 민규 눈이 휘둥그레졌다. 초빛약선방, 민규의 약선 요람. 주방 쪽에서 연기가 꾸역꾸역 밀려 나오고 있었다. 마당은 텅 빈 모습. 종규도, 재희도 보이지 않았다.

'뭐야?'

택시에서 내린 민규, 짐은 대충 팽개친 채 주방을 향해 폭주하기 시작했다.

6. 약선개죽, 들어보셨어요?

"……!"

뒷문을 통해 주방으로 뛰어든 민규, 주방에서 벌어지는 상황을 보고 그 자리에 멈췄다.

주방은 연기투성이였다. 팬을 올려놓고 요리를 하다 태워버린 것이다.

"형!"

놀란 종규가 고개를 들었다.

"셰프님."

재희도 그랬다.

"뭐야?"

민규가 다가섰다.

"아, 아니… 그런데 어떻게 벌써 왔어?"

종규가 탄 팬을 뒤로 감췄다. 뺏어보니 새까만 고기였다. 반 이상이 타버려 무슨 고기인지도 모를 상황. 하지만 민규는 냄새로 알았다. 닭이었다.

"뭐냐고 물었잖아?"

민규 눈빛이 종규를 겨누었다.

"그, 그게……."

"빨리 대답 못 해?"

"아, 씨… 실은 말이지……."

종규가 연못 쪽을 가리켰다. 야외 테이블에 누가 앉아 있었다. 혼자가 아니었다.

"손님?"

"손님은 손님인데… 멍멍."

"개?"

민규가 묻자 종규는 고개를 끄덕여 동의를 표했다.

"죄송해요. 오빠가 아니라 저 때문에……."

재희가 책임을 떠안고 나왔다.

"알았으니까 한 명이 설명해. 종규 너야, 아니면 재희 너야?"

"내가 말할게."

종규가 손을 들었다.

"알았어. 그럼 재희는 나가서 내 가방하고 짐 좀 챙겨와."

"알았어요."

재희가 주방에서 나갔다.

민규의 눈이 주방을 스캔했다. 요리 재료가 굉장히 많았다. 냉장고의 재료를 다 꺼내놓기라도 한 걸까?

"이종규."

"응?"

"여기가 뭐 하는 데야?"

"……."

"대답 안 해?"

"약선요리방."

"대상은? 사람이야 애완동물이야?"

"……."

"내가 개라서 무시하자는 게 아니야. 이제 겨우 자리 잡아가고 있는 판인데 개를 손님으로 받으면 다른 손님들이 오겠어? 그런 식당 봤어?"

"미안해."

"아, 진짜……."

"실은 저 손님이 안고 온 개가 유기견이야. 아직 강아지에 불과하고."

"유기견?"

"다짜고짜 안고 쳐들어왔어. 자기가 기르던 개인데 다 죽어간대. 그래서 따뜻한 죽이라도 한 그릇 먹여서 먼 길 보내고 싶다고……."

"금방은 유기견이라며?"

"유기견인데… 사연이 좀 복잡해."

"줄여봐."

"그러니까 원래는 저 손님 개였는데 손님이 암에 걸려 투병 중이래. 수술 일정 때문에 개를 돌볼 수 없어서 지인에게 한 달만 맡아달라고 부탁을 했는데 그 사람이 용인에 데리고 놀러갔다가 잃어버렸나 봐. 거기서 헤매던 개를 근처 경비원이 발견해서 그 지역 지방자치단체가 운영하는 유기견 보호소에 넘겼는데 문제는 그 지인이라는 사람이 개 찾을 생각을 안 하면서 시간이 흘러간 거야. 열흘……."

열흘…….

일반적으로 유기된 개나 고양이 등이 주인을 기다리는 시간이다. 혹은 새로운 주인의 입양을 기다리는 시간. 이 열흘 동안 개의 소유주를 찾지 못하거나 입양자가 나타나지 않으면 개의 소유권은 각 시도가 취득하게 된다.

그 후의 일은 대개 안락사로 귀속된다. 동물보호법 제20조에 따르면 유기 동물은 공고한 날로부터 10일 이상 소유자가 파악되지 않으면 소유권이 지방자치단체로 이전되고, '인도적인 방법'이라는 단서 아래 안락사 처리가 가능해진다.

대개의 보호소는 공고 기간이 끝나면 1주일, 혹은 2주일 이내에 안락사를 시키는 게 현실이었다.

"그런데 저 사람이 주인이라며?"

"그게… 그러니까 공고 후 2주일이 지나면서 안락사를 시키게 되었는데 개가 안락사 직전에 탈출을 했나 봐. 저 몸으로 원래 주인의 집을 찾아온 거야."

"……?"

"그런데 주인은 병원에 있잖아? 그러니까 사람들에게 겁을 먹은 개가 차 밑 같은데 숨어서 주인이 돌아오기만을 기다렸대. 아무것도 먹지 않으면서……."

"……."

"주인은 수술 후에 몸이 조금 안정되면서 지인에게 개의 안부를 묻다가 잃어버렸다는 사실을 알게 되었대. 그래서 여기저기 수소문해서 개 보호소를 알아냈는데 거기서는 자기들 할 일을 다 했으니까 안락사시켰다고 둘러댔나 봐. 그 후로 퇴원을 해서 집으로 갔는데 거기서 개를 만난 거야. 피골이 상접해서 다 죽어가는 개를……."

'윽?'

민규 촉각이 우수수 치솟았다. 개의 입장으로 돌아가면 얼마나 처연했을까? 목숨의 한 줄기를 남기고 다시 만난 주인…….

"바로 동물병원에 갔는데 개가 너무 약해져서 어쩔 수 없다고 안락사시키는 게 좋을 것 같다고 하더래. 안락사를 피해서 주인을 찾아왔는데 다시 안락사를 시킬 수가 없어서 집으로

돌아갔대. 뭐라도 먹이고 싶은데 개는 물도 안 먹고 주인 쳐
다보면서 눈만 끔뻑거려. 그래서 여길 찾아온 거야. 인터넷 검
색하면 형 약선요리에 대한 글들이 있잖아? 개 식당은 아니지
만 개에게 너무 미안해서 그런다고, 여기 약선죽이 워낙 약발
난다니까 그거는 먹을지도 몰라서 찾아왔다고……."

"……."

"하필이면 우리가 요리 연습하는 중에 왔잖아. 그래도 우리
가 형은 아니니까 형이 외국 출장 요리 가서 안 된다고 했어.
정 그러면 저 위에 차 약선방에라도 가보라고."

"차 약선방에도 갔었어?"

"아주 개무시당하고 왔대. 뭐 무슨 귀빈이 온다나? 개 냄새
나서 재수 없으니까 빨리 꺼지라고 얼씬도 못 하게 하더래."

'푸헐.'

"그래서 결국 여기로 다시 왔어. 이제는 개가 더 버틸 거
같지 않고 뭐든 좋으니 조금만 해달라는 거야. 형만큼 못
해도 괜찮다고… 그래서 재희하고 나하고 닭죽 요리를 하다
가……."

"……."

"미안해. 가서 설명하고 돌려보낼게."

종규가 돌아섰다.

"기왕 설명할 거면 제대로 해라."

"알았어. 우리 가게는 사람 약선만 한다고 말할게."

"그게 아니고 우리 가게 진짜 셰프가 돌아왔다고!"

"응?"

문으로 향하던 종규가 돌아섰다.

"오늘은 쉬는 날이잖냐? 이런 날은 동물을 손님으로 받아도 뭐랄 사람 없겠지?"

민규가 빙긋 웃었다.

약선요리집에서 동물 손님까지 받을 수는 없지만 사람보다 나은 동물이라면 예외로 해도 괜찮을 것 같았다.

"형?"

"내가 요리복 입고 나간다. 많이 기다린 거 같은데 조금만 더 기다리라고 해라."

"형!"

"그만 오버하고 빨리 나가. 개가 위독하다며?"

"알았어. 고마워 형."

종규는 바람처럼 밖을 향해 뛰었다.

"셰프님이 해주신대? 으아악!"

재희의 비명도 귓전을 울렸다.

"어머!"

개 주인인 여자가 발딱 고개를 들었다.

생각보다 젊었다. 아직 40대도 되지 않은 것 같았다. 개는 흔히 말하는 족보견은 아니었다. 예전에 흔히 보던 발바리 믹

스건 같았다.

"제가 여기 셰프입니다."

"……."

"얘 이름이 뭐죠?"

"밍키요, 밍키!"

"아직 어린 거 같네요?"

"네, 얼마 전에 유치가 빠졌어요."

"……."

"제가 막 젖을 뗀 아이를 분양받았거든요. 그때는 1차로 수술한 암 예후가 괜찮은 거 같다고 해서……."

주인이 밍키를 안아 들었다. 밍키의 입에서는 여린 신음이 새어 나왔다. 처음으로 알았다. 개의 신음이 사람과 비슷하다는 거.

개!

사람이 아니었다. 오장육부의 구조도 다르다. 하지만 오장육부가 없는 건 아니었다. 전생에게서 건너온 상지수창 파워. 과연 개에게도 통할까?

"……!"

가만히 개의 수막창을 읽던 민규, 눈자위가 살며시 구겨졌다. 개의 상지수창은… 보이지 않았다. 하지만 아련한 느낌은 왔다. 오장이 다 나빴다. 온통 혼탁인 것이다.

"제 욕심이었나 봐요. 혼자 살다 보니 항암 투병 생활에 도움이 될까 해서 데려왔는데… 애가 얼마나 영리한지 제가 아니라 다른 사람을 만났으면 행복하게 살았을걸……."

여주인이 한숨을 쉬었다. 그 말을 민규가 받았다.

"행복하게 살면 되죠."

"예?"

여주인이 고개를 들었다.

"아직 안 죽었잖아요?"

"하지만……."

단 한 마디 대답으로도 여자는 목이 메었다.

이제는 둘 다 환자. 그러면서도 개를 생각하는 마음만은 애틋해 보였다.

"다시 말씀드려요? 안 죽었잖아요? 이 아이, 먼 데서 주인을 찾아왔다면서요? 그렇다면 그렇게 쉽게 죽지 않을 겁니다. 더구나 이제 그리운 주인 품이잖아요? 떨어지고 싶겠어요?"

"셰프님."

"솔직히 개를 위한 약선요리는 해본 적 없어요. 하지만 개도 생명이지요? 다를 거 있겠어요?"

"셰프님……."

"시작해 볼까요?"

민규가 두 팔을 걷어붙였다.

"이걸 마시게 하세요. 천천히, 아주 천천히요."

초자연수부터 시작이었다. 반천하수였다. 그 물이 개의 상태와 어울려 보였다. 주인에게는 마음을 안정시키는 방제수를 주었다. 물컵을 주고는 저만치 물러났다. 개를 안정시키려는 배려였다.

"셰프님."

재희가 다가왔다.

"왜?"

퉁명스레 대답했다.

"너무 멋져서요."

"뭐가? 너희 둘 뒤치다꺼리하는 게?"

"죄송해요."

"닭죽 만들려고 했다고?"

"네, 개가 닭고기를 좋아한다고 해서."

"땡!"

"네?"

"빈사 직전이잖아? 애도 어리고… 그렇다면 차라리 미음을 쒔어야지. 지친 위장에 고깃덩어리가 들어가면 되겠어?"

"어머!"

"맛이 있다고 다 용서되는 건 아니야. 여긴 약선요리 전문이잖아?"

"죄송해요. 마음만 급해가지고."

"태워 버린 게 다행이지?"

"네……."

"몇 인분이었어?"

"네?"

"요리 말이야? 몇 인분 만들 생각이었냐고?"

"그야 개 거만……."

"개주인은?"

"셰프?"

"빈사 상태의 개잖아? 주인과의 공감이 절대 필요해. 그러자면 주인이 같이 먹으면 더 좋지. 그러니까 개 약선 1인분, 주인 약선 1인분."

"셰프……."

"여기서 지켜보고 있다가 혹시 문제 생기면 달려와."

"네, 셰프."

재희가 부동자세를 취해 보였다.

그녀의 마음도 개의 사연에 꽂혀 있다. 그렇기에 바짝 애가 타고 있는 것이다.

두 개의 작은 솥을 준비했다.

타락죽(駝酪粥).

이제는 눈 감고도 끓일 수 있었다. 하지만 타락죽은, 그저 쌀을 물에 갈아서 우유와 함께 끓인다고 타락죽이 아니었다. 쌀의 숨결과 우유의 숨결을 제대로 융화시켜야 비로소 타락죽이 되는 것이니 그런 죽이라야 원기 회복에 도움이 될 수 있었다.

다행히 쌀은 불려져 있었다.

그걸 맷돌에 갈았다. 개와 개주인의 것을 따로 갈았다. 그 쌀을 체로 걸러 가라앉힌 후에 웃물을 따라내고 앙금을 받았다.

그런 다음 한지 위에 펼쳐 물기를 뺐다. 다른 때보다 더 정성을 다하는 건 개 때문이었다. 말하자면 아기처럼 대하는 민규였다. 한의학에서는 남자보다 여자 환자가 훨씬 어렵다고 말한다. 그 여자보다 더 어려운 경우가 아이였던 것이다.

이제 우유를 끓일 차례였다. 수막창에 따라 초자연수를 가미했다. 주인 것은 요수만 더했고, 개의 것은 요수에 순류수와 천리수까지 한 방울씩 더해주었다.

'밍키?'

확인차 테이블을 돌아보았다. 주인은 열심히 물을 먹이고 있었다. 타락죽의 재료와 밍키를 번갈아 보던 민규 손이 파르르 떨렸다. 민규의 우유, 밍키의 수막창에 비해 약했다.

'우유 때문인가?'

제조일자를 확인했다. 냉장고를 열었다. 거기도 식재료가 많았다. 정신 나간 종규 녀석. 내가 없는 통에도 식재료를 받아놓은 건가? 아쉬움을 누르며 아침에 들어온 우유를 골랐다. 컵에 따라보니 퀄리티가 괜찮았다. 하지만 밍키가 개라서 그런 건지, 아니면 위중한 상태 때문인지 식재료의 부조화가 해결되지 않았다. 여러 회사의 우유를 동원해도 그랬다. 2%

가 부족한 것이다.

우유 때문이 맞았다. 밍키에게 필요한 건 오장의 활력. 그러나 평범한 우유로는 2% 차이가 좁혀지지 않았다. 위독한 상태이기에 다음 기회조차 없는 밍키… 그렇다면 오장이 활력에 넘치는, 소에서 나온 우유가 필요했다.

그런 우유가 있을까? 그 옛날처럼 가장 건강하고 활기찬 소에서 직접 짜내는 우유가?

어떻게든 찾아야지.

어차피 시작한 일이었다.

옛날로 필름을 돌렸다. 왕궁의 진짜 타락죽은 신선한 소의 젖으로 쑤었다. 그때의 소는 왕실 지적에 있었다. 오죽 암소의 젖을 강탈(?)했으면 왕이 타락죽을 중지시키기도 했을까?

하지만 타락죽은 꼭 우유만으로 쑤는 건 아니었다.

'양유(羊乳).'

바로 그거였다.

대안을 생각한 민규가 종규를 불렀다. 산양우유라면 가능성이 있었다. 산양들은 아직도 대자연에 방목되는 경우가 많았다.

"산양우유 대리점?"

"그래, 당장 날아가서 오늘 들어온 걸로 몇 개 받아와라. 차 조심하고."

"오케이!"

종규가 오토바이 시동을 걸었다.

채칵채칵!

무심하게 흐르는 시간 동안 민규는 쌀 녹말을 정리했다. 햇빛에 바람결을 더하다 쌀 녹말을 한지 깐 팬 위로 올렸다. 약한 불로 잘 저으며 꾸득꾸득 말렸다. 그걸 절구에 빻아 고운 체로 내릴 즈음에 종규가 돌아왔다.

"형!"

"구했냐?"

"당연하지."

종규가 산양우유를 내밀었다. 컵에 따라 확인을 했다. 아침에 나온 게 분명했다. 정기가 서려 보였다. 그걸 초자연수에 섞어 불을 당기자 살며시 끓어올랐다. 거기 쌀 녹말을 더해 한 번 더 끓어오르자 원하던 원기가 형성되었다. 다시 개를 보며 산양우유를 조금 더 더했다.

'좋았어.'

민규를 향해 찡긋 윙크를 해주었다. 불을 낮추고 정성을 더하기 시작했다. 타락죽의 핵심은 만화(慢火)에 있었다. 만화란 뭉근한 불을 가리킨다. 부드러운 우유처럼 부드러운 불길이 중요했다. 그다음은 엉기지 않게 하는 것. 작은 몽오리들은 하나하나 낱낱이 풀려 나갔다.

'완벽해.'

냄새가 좋았다. 우유의 고소함에 더해 유당의 단맛이 솔솔 올라왔다. 두 그릇에 담아 들고 주방을 나섰다.

"타락죽입니다. 옛날 궁중에서는 임금님이 입맛이 없거나 속이 불편할 때, 혹은 원기가 필요할 때 이 죽을 쑤어서 바쳤었죠. 나중에는 일반 가정에서도 그랬고요."

민규가 뽀얀 타락죽 두 그릇을 내려놓았다. 개주인이 고개를 들었다. 두 그릇이 뜻밖인 그녀였다.

"이쪽이 밍키 거고, 이쪽은 주인분 겁니다. 집에서는 같이 식사하셨죠?"

"네……."

"정서적인 안정을 위해서도 같이 드시는 게 개에게 좋을 겁니다. 내용물은 조금 다르게 끓였으니 섞지는 마시고 천천히 함께 드세요."

"셰프……."

"그냥 편안하게 먹이세요. 아무 일도 없었던 것처럼 자연스럽게. 그럼 개가 더 안심할 테고, 그럼 회복할 수도 있습니다."

"고마워요."

그녀 눈에 눈물이 맺혔다. 재희가 냅킨을 뽑아주었다.

"이런 배려라니… 우리 밍키, 이 죽을 먹지 못한다 해도 너무 행복할 거예요."

주인의 눈물 한 방울이 톡, 밍키의 죽 위에 떨어졌다.

"재희!"

"네, 셰프."

"쌀 불린 거 하고 산양우유 남았다. 타락죽 쑬 줄 알아?"

"자료를 보기는 했어요."

"그럼 가서 쒀봐. 나도 시장하거든? 이거 원 먼 미국에서 달려와도 누가 밥 한 그릇 안 챙겨주네."

"정말 제가 해도 돼요?"

재희가 반색을 했다.

"아니면? 불린 쌀하고 남은 산양우유하고 버릴 거야?"

"알겠습니다."

재희가 주방으로 뛰었다. 이제껏 시무룩하던 모습은 사라지고 없었다.

밍키, 여전히 기력이 없었다.

이제 겨우 갓 강아지를 벗어난 개. 그런 개가 겪은 풍상치고는 너무 잔혹했다. 사람 품에서만 컸던 개에게 유기견 보호소는 지옥에 다름 아니었다. 그 많은 개들의 비명 같은 절규와 흐느낌. 게다가 그 개들의 상당수는 주인이 일부러 버린 몸이었다.

안락사!

작은 테이블에 올려졌을 때 밍키의 본능이 그걸 알았다. 얌전히 웅크리고 있다가 수의사가 한눈을 파는 사이에 뛰었다. 밍키의 머리에는 주인밖에 없었다. 희미한 후각에 의존해 서울로 달렸다.

귀여워, 귀여워.

밍키를 보면 깜빡 죽던 사람들, 그 시선은 180도 변해 있었다.

더러워, 저리 가.

그 말은 매번 독이 되어 밍키의 어린 귀를 후볐다. 사람들이 무서워졌다. 믿을 수 있는 건 오직 주인뿐. 그 주인의 냄새가 남은 연립주택 담장 너머에서 몇 날을 보냈다. 그러다 까무룩 의식이 무너지던 순간, 주인의 강력한 냄새가 밍키의 혼을 흔들어댔다. 진짜 주인이 나타난 것이다.

그러나 남은 기력이 없는 밍키. 그대로 숨을 거둘 판이었다. 주인 품에 안겼다는 걸 위안으로 삼은 채.

그런데······.

코앞에 놓여진 물이 닫힌 후각을 열었다. 혀에 물을 적셨다. 수백만 전구에 불 하나가 겨우 켜졌다. 또 물이 들어왔다. 불 하나가 보태졌다. 목을 타고 들어온 물이 위장을 적시자 조금씩 기운이 돌았다. 불 켜지는 속도가 빨라졌다.

뒤를 이어 들어온 타락죽. 그 죽은 밍키의 오장과 오감을 하나씩 세워놓았다. 쓰러지면 세우고 넘어가면 받쳐주었다. 그렇게 타락죽이 비어갈 무렵, 감겼던 밍키의 눈이 살포시 떠졌다.

"악!"

여주인이 숟가락을 떨구며 소리쳤다.

"왜요?"

종규가 테이블로 뛰었다.

"우리 밍키가 눈을 떴어요."

"……?"

눈이 신호였다. 뒤를 이어 꼬리가 살포시 일어났다. 그러더니 폭풍 부채질을 하며 꼬리를 살랑거리는 밍키.

"으아악, 우리 밍키가 기운을 차렸어요!"

여주인은 그대로 밍키를 안아 들었다. 그 앞에 민규가 있었다.

"셰프."

"축하합니다. 하지만 아직은 아니에요. 일단 죽부터……."

"알았어요. 뭐든지 당신이 시키는 대로 할게요."

눈물 범벅이 된 여주인이 밍키를 내려놓았다. 밍키는 두 발을 모은 채 얌전히 엎드렸다. 꼬리는 여전히 살랑살랑.

"종규야."

민규가 동생을 불렀다.

"응?"

"주방에 가면 타락죽 반 그릇 남았다. 가져와라. 그거까지 먹으면 일어설 수 있을 거야."

"알았어."

종규가 주방으로 뛰었다. 밍키 꼬리의 움직임은 조금씩 더 힘이 붙고 있었다.

월월!

개가 짖었다. 민규를 향해 짖었다. 꼬리도 흔들었다. 타락 죽을 먹고 10여 분, 화타의 물 마비탕으로 마무리를 하자 기 어이 원기가 회복된 밍키였다.

"셰프님, 너무 고마워요."

개주인은 차마 목이 메어 긴말을 하지 못했다. 그녀는 사 실 잘 모르고 있었다. 그녀 자신의 원기도 함께 회복이 되고 있다는 것. 워낙 개에게 신경을 쓰는 상황이기에 그럴 수밖에 없었다.

"여기 타락죽 레시피입니다. 산양우유 구해다가 며칠 쑤어 서 먹이세요."

"레시피까지……."

"주인의 정성이 더하면 제가 만든 타락죽보다 더 맛이 좋을 지도 모르죠."

"셰프……."

"잘 가라. 밍키, 이제 주인 품에서 행복하게 잘 지내고."

민규가 밍키의 머리를 쓰다듬었다.

끄응!

밍키는 바짝 몸을 낮춰 고마움을 표했다. 아직 갈 길이 멀 지만 위기는 넘긴 것 같았다.

체질창이 밝아진 것으로도 감을 잡을 수 있었다.

"죽값은 얼마는 내야 하죠? 백만 원을 내라고 하셔도 내겠어요."

주인이 지갑을 꺼내놓았다.

"돈은 받지 않습니다."

"예?"

"밍키에게 준 거잖아요? 밍키처럼 기특한 개에게 돈을 받을 수야 없죠."

"그럼 제 것이라도……."

"선생님은 밍키에게 얻어먹은 겁니다. 어차피 밍키가 주제였으니까요."

"셰프……."

"밍키가 건강해지면 놀러오세요. 선생님도 쾌차하시고요."

인사를 끝낸 민규가 돌아섰다. 미안해서 어쩔 줄 모르는 개주인. 알아서 살짝 비켜주는 민규였다.

"셰프님, 이 은혜 잊지 않겠습니다. 우리 밍키, 잘 돌봐서 꼭 건강하게 만들게요."

개주인은 깊은 인사를 두고 돌아갔다.

"와아, 우리 셰프님은 정말……."

죽을 쑤던 재희가 몸서리를 쳤다.

"집중!"

민규가 죽을 가리켰다.

"어머!"

재희가 서둘러 타락죽을 저었다. 요리를 할 때는 요리에만 집중해야 한다. 타락죽 같은 경우에는 더욱 그랬다.

"어때요?"

밍키가 있던 야외 테이블에서 재희가 물었다.

"초반 불이 너무 세. 산양우유도 너무 많이 들어갔고……."

"남은 게 아까워서 다 넣었더니……."

"약선의 원칙 읊어봐."

"음양조화, 약식동원, 변증용선, 약식의기, 군신좌사, 배오금기……."

"공부 좀 했네?"

"예… 셰프님 어깨너머로……."

"입으로만 좋알거리면 뭐 해? 음양의 조화부터 틀리잖아? 재료가 아깝다고 다 넣으면 음양의 조화가 맞아? 약선요리에서는 금기야."

"네……."

재희 고개가 바닥으로 기울었다.

"하지만 맛은 괜찮네."

"정말요?"

떨어지던 재희 고개가 벼락처럼 치솟았다.

"그래. 아까 한눈만 안 팔았으면 90점인데……."

"아싸, 셰프님에게 칭찬 들었다."

재희는 몸서리를 치며 좋아했다.

"그런데 형."

옆자리의 종규가 슬며시 끼어들었다.

"왜?"

"그거 어땠어? 썼어?"

"뭐?"

"내가 나물 몇 가지 몰래 딸려 보냈거든. 저 위에 황 할머니가 가져오셨길래… 할머니가 어제도 이것저것 가져오셔서 물어보시길래… 시골 동생이 보낸 거라며 필요하면 다 가져다준다고… 혼자 사시니 해 먹으려도 입맛이 없어서 안 해 먹게 된대."

"이것저것?"

"볼래? 할머니 정성 때문에 내가 받아는 놨는데……."

종규가 몇 가지 식재료를 내밀었다.

"……!"

그걸 본 민규의 눈이 휘둥레졌다.

'독새풀씨앗, 피, 지부자, 그리고 새팥에 메…….'

메는 아직도 싱싱해 씹으니 아삭 단맛이 배어 나왔다.

들판에 아무렇게나 나는 야생 들풀 씨앗과 피… 어떻게 보면 흙 찌꺼기처럼 볼품없는 씨앗이지만 전생이 필살기로 전해준 요리의 주인공들. 민규는 전격 꽂히고 말았다.

"종규야, 잘 봐둬라. 이거 앞으로 형 주특기 중의 하나가 될 진짜 물건들이다."

민규의 입이 귀밑까지 올라갔다. 몇몇은 여덟 분석법 사상 최상의 성분을 가지고 있었다.

"그렇게 좋은 거야?"

"시장에서는 돈 주고도 못 사는 거다."

"그럼 할머니 나물도 좋은 거였어?"

"굉장히 요긴하게 써먹었다. 그래서 할머니 선물도 하나 사 왔는데 선물만으로 안 되겠네. 식사 한 끼 모셔야겠어."

"에? 그럼 내 선물은?"

"너야 당연히 있지. 내 하나밖에 없는 동생인데."

민규가 면세점 선물을 꺼내놓았다.

"우와, 오빠는 좋겠다. 짱 부러워……."

"네 것도 있다."

민규가 또 하나를 꺼냈다.

"제 것도요?"

"너도 내 하나밖에 없는 제자잖아? 자칫하면 주방 태워 버릴 뻔한 제자지만 다 그렇게 배우는 거니까."

"으악, 고맙습니다. 셰프님!"

재희가 벌떡 일어나 인사를 했다.

"그런데 형."

"또 왜? 선물이 마음에 안 드냐?"

"그게 아니고 저 위에 차 약선방."

"응?"

"거기 미슐랭 별 받을 모양이야."

"미슐랭 별?"

"거기 촐랑이 부방장 있잖아? 그 인간이 설레발 떨고 가더라고. 이제 우리 망하는 거 시간문제라고."

"무슨 헛소리야?"

"거기 사장이 뒷돈 써서 미슐랭 별 평가단 불렀나 봐."

"미슐랭 평가단을 돈 주고 불러?"

"대놓고 말은 안 하는데 눈치가 그래. 자기 사장이 능력이 좋아서 별은 따놓은 당상이라던데?"

"그 인간 또 무슨 수작 부리는 모양이네."

"아무튼 그렇대. 그래서 저기 입간판도 새로 세웠고 식당 올라가는 길부터 정원에, 식기들까지 쫙 바꿨다나 봐."

"미슐랭 별이 그렇게 해서 따는 거냐? 보나 마나 구라일 거다."

"아니야. 오늘 그 평가단인가 뭔가가 온다고 했어. 어, 저기……."

종규가 도로 쪽을 가리켰다. 거기 차만술이 보였다. 김천익도 매미처럼 붙어 있었다. 민규네 가게를 바라보더니 냉소를 뿜는다. 그리고 얼마 지나지 않아서 세단 한 대가 진입로에 들어섰다. 차만술이 인사를 하자 차 문이 열렸다. 차만술은 비굴할 정도로 굽신거리며 차에 올랐다. 차는 보란 듯이 차약선방을 향해 달려갔다.

"어이, 짝퉁 약선!"

혼자 남은 김천익이 건들건들 다가와 목청을 높였다.

"조금 전 오신 분들이 누군 줄 알아?"

"별로 알고 싶지 않은 데요."

민규가 무시를 때렸다.

"나 참, 물정 모르는 친구들. 저분들이 바로 저 유명한 미슐 랭 미식 평가단이시라고."

"그래서요?"

"그래서요? 우리 이제 미슐랭 별 받는 진짜 맛집이 된다고. 너희하고는 차원이 다른 미슐랭 별 식당. 최소한 두 개는 맡아놓은 거나 다름이 없거든. 이 몸은 미슐랭 별 약선방의 수석 셰프가 되시는 거고."

"미슐랭 평가단이 예고하고 돌아다닌다는 말은 못 들었는 데요?"

"어이, 니가 세상을 알아? 삶은 현실이야, 현실. 능력과 수완이 좌우하는 거라고."

"요리도 말입니까?"

"당연하지. 솔직히 니가 망하려고 작정을 했지. 왜 하필 여기야? 약선요리계에서 대가로 알려진 우리 사장님 코앞에… 아, 진짜 요즘 애들 개념 없는 건……."

"그럼 개념 챙기셔서 가보시죠. 사장님이 찾을 텐데."

"아, 내 정신. 우리 사장님, 요즘 나 없으면 요리를 제대로 못하신다니까. 아무튼 말이야, 앞으로 사람 깍듯이 대하라고.

셰프면 다 같은 셰픈 줄 알아? 카아악!"

위세를 떨치며 가래침 신공을 준비하는 김천익. 바로 그때 그의 이마에 새똥이 떨어졌다.

'움?'

놀란 김천익, 입에 문 가래침 때문에 사레가 걸려 버렸다.

"콜록콜록, 쿠에엡!"

그는 온갖 주접을 떨고서야 겨우 가래침을 넘길 수 있었다. 새똥은 물론 종규의 응징이었다.

"아이, 쌍. 저놈의 새 새끼가!"

화가 난 김천익이 돌팔매를 날리지만 어림도 없는 일이었다.

"새 새끼 같은 소리하고 자빠졌네. 새만도 못한 마인드 주제에……."

종규가 기염을 토했다.

"놔둬라. 제멋에 살게. 우린 우리의 길을 가면 되는 거니까."

재희를 보내고 종규를 앞에 앉혔다. 그 앞에서 연꽃을 만지작거렸다.

문어와 오징어를 오리듯 유려한 손질이 오가자 연꽃잎 하나가 여러 형태로 피어났다. 기하학의 볼륨도 되었고 작은 소녀나 동물 모양도 되었다.

"우와."

쪼르륵!

이번에는 컵이었다. 맥주잔부터 물컵까지 온갖 유리잔을 동원했다. 전등을 끄고 그 물에 플래시를 비췄다.

"멋지냐?"

"별론데? 그런데 왜?"

"그럼 이거 봐라."

민규가 동영상을 보여주었다. 램지의 개스트로미 T에서 찍은 유리공에 물컵이었다.

"우와!"

"죽이지?"

"응, 완전 예술이네. 신비감에 오묘 신묘한 신성미에… 하지만 이 컵들은……."

"비교 불가지?"

"응."

"숙제다. 형 샤워하는 동안에 검색 좀 해봐라. 이런 유리공예하는 사람이 있는지."

"물컵 바꾸려고?"

"형이 뉴욕 출장 잘되어서 한 1억 땡겼다. 원래는 그걸로 은행 융자 중간 정산하려고 했는데 그보다 투자부터 하려고."

"투자?"

"내가 사람 체질하고 그날그날의 식재료에 요리를 맞추느라 죽 말고는 주력 메뉴가 없잖냐? 그런데 형이 물 요리를 내밀었더니 세계적인 미식가들도 인정하더라고. 그렇다면 물컵을 잘

살려서 우리 주력 메뉴의 하나로 내거는 것도 좋을 것 같아
서."

"굿 아이디어인데?"

"그럼 검색 시작. 형 나오기 전에 수배해라."

민규의 명령이 떨어졌다.

7. 별을 파는 브로커

"국민대 유리공예학과 졸업자?"

머리 물기를 털던 민규가 화면 앞으로 다가앉았다. 화면에 20대 중반의 남자가 있었다. 뜨거운 유리로 오색 유리병을 만들고 있었다.

"졸업한 지 몇 년 되었는데 이번에 자비로 전시회를 열었대. 주제는 천년의 유리잔인데 사람이 안 와서 폭망. 이유는 오직 잔 하나에 빠져서 한 주제로만 창작. 그게 이슈가 되어 유티비에 올라왔는데 형하고 통하는 데가 있는 것 같아서……."

종규가 화면을 바꾸었다. 그러다 파란 유리잔이 나왔다.

"이게 신라시대 유리잔이래."

"신라시대? 그럼 우리나라 거네?"

"그렇다네. 이 사람이 이 잔에 꽂혀서 무려 1,000번도 더 만들어봤대. 고려시대 청자를 구현하면 찬사가 쏟아지길래 자기도 신라시대 유리잔에 꽂혔다는데 반응이 신통치 않아서 실망 좀 때렸나 봐."

"그래?"

화면 속에서 푸른 유리잔이 반짝이고 있었다. 원본은 천마총에서 출토되었다고 했다.

신통하게도 잔 하나가 완벽한 모습으로 나왔다. 줄무늬와 거북등무늬가 새겨져 있었다. 딱 보니 방제수나 벽해수를 담으면 기가 막힐 포스였다.

"어때? 이런 집념이면 형 물컵도 만들 수 있지 않을까?"

"연락처는?"

"당연히 찾아놨지."

종규가 메모를 내밀었다.

컴퓨터나 검색에 있어서는 민규를 뛰어넘는 종규였다. 폐동맥고혈압으로 누워서 노트북과 놀았던 종규. 그 슬픈 시간 때우기도 이렇게 써먹을 데가 있었다.

*　　　　*　　　　*

미치도록 곤한 잠을 잤다. 천리수와 마비탕 덕분이었다.

두 소환수를 마시고 자니 꿀잠이 된 것이다. 종규는 마당을 쓸고 있었다. 아직 어스름이 오기 전이었다.

"벌써 일어났냐?"

"잘 잤어?"

민규의 말에 종규가 반색을 했다.

"몸은?"

"에이, 왜 이러실까? 나랑 재희랑 이제 환자 아니야."

"그래도 가끔씩 걱정이 된단 말이지."

"시장 가야지?"

"그래야지. 아침 죽 예약만 해도 20명이 넘고 포장 예약도 열 개던데."

"그것도 내가 줄여놓은 거야. 오는 대로 다 받았으면 200명도 넘었을걸."

"그럼 가실까요?"

민규가 차를 가리켰다.

"형!"

어둠이 벗겨지는 강변을 달리며 종규가 운을 떼고 나왔다.

"왜?"

장 볼 목록을 체크하던 민규가 고개를 들었다.

"나 말이야……".

"뭐 죄 지었냐? 뭘 그렇게 뜸을 들여?"

"나도 요리하고 싶어서."

"응?"

"형 없는 동안 재희랑 얘기하다 느낀 건데 나도 요리 DNA가 있는 것 같더라고. 형 동생이니까……."

"요리라……."

"안 될까?"

"안 될 것도 없지. 너도 섬세한 미각을 가졌잖아? 그건 요리사에게 굉장히 중요한 자산이거든?"

"진짜?"

"사실 형 생각으로는 너 검정고시 마친 다음에 대학 보내려고 했는데 그건 어때?"

"대학을 꼭 나와야 해?"

"뭐 꼭 그런 건 아니지만……."

"요리 가르쳐 주기 싫어서 그러는 건 아니지?"

"진짜로 요리하고 싶냐?"

"응, 재미도 있고……."

"그럼 못 할 거 뭐냐? 넌 이미 초빛의 부방장인데?"

"그렇지?"

"아, 그러고 보니 어제 그 식재료들?"

그제야 어제의 푸짐한 식재료들이 떠올랐다. 뉴욕에 가기 전에 식재료상들에게 전화해 며칠 공급 중지를 당부했던 민규. 그럼에도 불구하고 주방에는 식재료가 넘치고 있었다.

"미안, 형이 100만 원 줬다길래 그걸로 재료 사다가 며칠 맹

연습 좀 했어."

"……."

"미안해. 형 마음은 알지만 어디 놀러가는 거보다 재미나더라고. 어떤 요리는 잘되다 보니 나도 내년에 식치방 약선 대회에 나가볼까 착각까지."

"그래서 식재료에다 100만 원을 다 썼단 말이야?"

"형 옷 두 벌 사고, 내 옷도 몇 벌 사고… 요리책도 사고… 그러고도 40만 원쯤 남았어."

"……!"

민규 콧날이 돌연 시큰해져 왔다. 이 녀석은 늘 이 모양이었다. 난치병을 앓은 까닭인지 속이 깊은 것이다.

민규, 뭐라 할 말이 없어 어깨만 토닥여 주었다. 형제의 아침은 이렇게 밝아왔다.

"도착했습니다. 셰프."

시장 앞에서 종규가 소리쳤다.

나란히 시장을 돌았다. 산의 정기를 오롯이 머금은 참마를 만났다. 갖은 풀 냄새 머금은 소고기에 갯벌 내음 질퍽한 조개들까지.

예약자들을 위한 장바구니가 하나씩 채워졌다. 좋은 식재료를 찾아낼 때마다 퍼즐이 완성되고 숨은그림찾기가 끝나는 것 같았다.

더 좋은 맛을 위해.

더 좋은 정기를 위해.

민규는 그 어떤 것도 양보할 수 없었다.

"······?"

약재상을 돌아보다 붉은 여지 앞에서 걸음이 멈췄다. 여지는 중국산이다. 그런데도 약성이 굉장히 좋아 보였다. 메모지를 보았다.

신장병으로 신허가 와서 새벽에 설사를 하는 사람이 있었다. 임자타락죽도 나쁘지 않지만 이걸 한번 써보고 싶었다. 좋은 재료를 보면 주체할 수 없는 것이다.

'득템.'

여지 한 줌을 집어 들었다.

―약선임자타락죽.

―약선흑임자참마죽.

오늘 아침의 죽은 두 가지로 정했다. 추가로 결정된 하나는,

―약선여지황련죽.

타락죽에 넣는 '임자'는 들깨를 말한다. 기침과 갈증을 멎게 하고 폐를 윤택하게 하며 위장을 튼튼하게 한다. 타락이 피로에 좋고 신장과 폐, 피부를 좋게 하니 병후의 어르신들에게 딱이었다.

흑임자는 검은깨를 가리킨다. 이 또한 집중력, 기억력 등에 좋았으니 피로 회복에 더불어 기운을 돋고 머리를 맑게 하며 힘줄과 뼈를 튼튼하게 하는 마와 함께 매칭해 시너지를 이룰

일이었다. 이 죽은 광고 회사의 아침 회식용이었다. 참마를 넉넉히 넣고 오미자를 살짝 곁들이면 특유의 걸쭉함에 더해 색감까지 살아나기에 지친 직장인들에게 활력이 될 수 있었다.

초빛으로 돌아와 재료를 확인했다. 최고로 골라도 더러 질이 떨어지는 게 끼어 있는 경우가 있었다. 그런 것들은 재희와 종규의 연습용으로 빼주었다. 민규에게는 낙제품이지만 나름 퀄리티가 있는 식재료들. 둘의 연습용으로는 그만이었다.

보글보글.

죽이 끓기 시작했다.

여지죽(荔枝粥) 역시 끓이기에 어려운 건 없었다. 튼실한 여지 4알에 술에 볶은 황련 10g, 쌀 50g이면 끝이었다. 황련을 술에 볶은 건 위장을 함께 튼튼하게 만들기 위함이었다.

여지의 맛은 달고 시고 따뜻하다. 과거에는 저 유명한 양귀비가 좋아했다. 소동파 역시 여지 애호가였으니 그 맛이 어떤지 짐작이 갈 일이었다.

과일의 왕이라는 별명처럼 약성도 좋았다. 비허 설사와 진액 부족으로 인한 구강건조에 딱이다. 동시에 피를 보충하고 기 순환을 도우니 요긴한 약선 재료였다.

다만 어린아이, 음의 기운이 허한 경우나 당 대사 문제가 있는 경우에는 적량을 먹어야 했으니 한 번에 많이 먹는 것은 삼가야 했다.

'흐음…….'

여지황련죽 완성. 달달하고 구수한 데다 붉은 기운까지 서리니 보기에 좋았다. 손님의 체질에 맞춰 생밤채를 소복이 올리고 태운 간장가루로 간을 맞춰 담아냈다.

"어, 나만 다르네?"

여지죽을 받아 든 어르신이 고개를 발딱 들었다. 같이 온 사람들이 타락죽인데 비해 자신의 죽만 붉은 기가 돌고 있는 것.

"어르신은 이 죽이 어울려서요. 이거 드시면 속이 편안해질 겁니다."

민규가 죽 그릇을 밀어주었다.

그런데…….

"됐어, 나도 저 사람들이랑 똑같은 걸로 줘."

이 손님이 불뚝 고집을 부리기 시작했다.

"어르신, 어르신 체질에는……."

"체질이고 나발이고 똑같은 걸로 달라고. 나도 타락죽 먹고 싶거든."

"……."

"같이 왔으면 같은 거 줘야지. 왜 나만 다른 걸 주는 거야."

손님의 감정은 금세 고조되었다. 나이를 먹는다는 거. 경륜이 쌓이기도 하지만 쓸데없는 똥고집도 함께 쌓인다.

"오 선생, 이규태 박사님이 말하길 여기 셰프가 사람에 맞춰서 음식을 준다잖소? 어련히 알아서 해줬을까 봐?"

함께 온 손님이 지원사격을 날려주었다.

"거 웬 참견이오? 내가 먹기 싫다는데……."

하지만 바로 무위로 돌리는 똥고집 파워. 결국 민규도 두 손을 들고 말았다. 약선이지만 기본적으로 요리다. 본인이 싫다는 데야 강제로 떠먹일 수 없는 일이었다. 쿨하게 죽을 바꿔주었다.

"진작 그럴 것이지, 사람 기분 나쁘게 말이야."

어르신은 한껏 눈을 흘긴 후에야 타락죽 그릇을 잡아당겼다. 정말이지 앞뒤 꽉 막힘의 진수를 보여주는 어르신이었다. 하지만 실망할 건 없었다. 세상은 음양의 조합이니 꽉 막힌 사람이 있으면 열린 사람도 있는 법.

"셰프, 아까 그 죽 말이에요, 기왕 쑨 건데 내가 맛 좀 보면 안 될까요?"

70대의 어르신이 자원을 하고 나섰다. 체질을 보니 먹어도 상관없을 水형이었다. 남은 죽을 새 그릇에 떠다 드렸다.

"좋네? 내장에 시원한 계곡 물길이 나는 기분인데?"

그는 맛나게 죽을 먹었다. 민규의 만류에도 불구하고 두 그릇 값을 치렀다.

맛이 너무 좋아 열 그릇 값이라도 치르고 싶다니 말릴 수도 없는 일이었다. 자기 복을 걷어차는 사람, 분명 존재한다. 오늘 똥고집 어르신이 그런 경우였다.

다음으로 약선흑임자참마죽 예약 손님들이 왔다. 광고 회사 직원들이었다.

"이야, 이름에 들어간 글자들부터 필이 빡빡 오는데요? 약, 흑, 임자, 참."

죽이 나오자 대리 한 사람이 직업 정신에 투철했다.

"해석도 해줘야지?"

팀장이 추임새를 넣었다.

"약처럼, 흑처럼 선명하게, 임자는 주인 의식, 참은 진짜 중의 진짜라는 뜻이니 기발한 광고 만들라는 계시가 아니겠습니까?"

"그럼 마는?"

"먹을 때까지 잔소리하지 '마'!"

"하하핫!"

대리의 재치에 팀원들은 웃음바다가 되었다.

"이야, 맛 좀 봐. 창의성 무궁 돋네?"

"그러게요? 머릿속의 매너리즘이 빡 씻겨 나가는 것 같은데요?"

"아, 얘들이 배에 들어가더니 영감의 나무로 무럭무럭."

"흐음, 그럼 이번 SS기업 광고 카피는 차 대리가?"

"으악, 그건 안 되죠. 거기 광고 담당 부사장이 회장 딸인데 여자가 가면 쥐 잡듯이 잡는 거 모르세요? 저번에는 티슈까지 날렸다고요."

여자 대리가 엄살을 떨자 그들은 또 한 번 웃음바다를 이루었다. 광고 회사 직원들은 맛에 대한 평도 광고스러웠다.

아침 죽 요리의 마무리는 포장이었다. 두 가지씩 다섯 종류의 약선죽이었다.

주문자가 신청한 열 가지 중에서 오늘 식재료로 가능한 다섯 가지를 준비했다. 손님은 예약 시간 10분 전에 도착했다. 죽이 나오자 행여 식을까 서둘러 가져갔다.

"뭐지? 병원 약식 같지는 않은데?"

마당에 나온 종규가 중얼거렸다.

"그런 거 일일이 알아서 뭐 하게?"

그 옆에서 민규가 웃었다. 요리에는 차별도 국경도 없다. 누구든 맛있게 먹으면 그만인 것이다.

"자, 정리하고 점심 예약 준비하자."

민규가 돌아설 때였다. 차 약선방 쪽에서 세단이 내려오고 있었다. 그런데 도로로 향하던 세단이 민규네 마당으로 방향을 틀었다.

"형!"

종규가 주의를 환기시켰다. 세단에서 내린 사람, 시원한 마스크의 외국인과 젊은 한국 여자였다.

"안녕하세요?"

외국인이 먼저 말을 건네 왔다.

"예, 안녕하세요."

민규가 인사를 받았다.

"여기 셰프 요리가 훌륭하다고 해서 들렀습니다. 셰프의 요리를 맛볼 영광을 누릴 수 있을까요?"

그는 꿀 매너였다. 목소리도 표정도, 심지어는 몸짓까지도 기품이 엿보였다.

"이분은 마틴이라고 프랑스와 미국에서 유명한 미식 리더십니다. 이 식당에 대한 느낌이 좋은 모양인데 모시시죠."

여자가 대화에 끼어들었다.

"저 위에서 식사를 하신 것 같은데… 더 드실 수 있다면 여기로 앉으시지요."

종규가 야외 테이블을 권했다.

"지금 뭐가 되나요? 셰프가 가장 잘하는 요리를 먹고 싶어 하시네요."

여자가 말했다. 그녀는 외국인의 가이드로 보였다.

"저는 체질 약선요리를 합니다. 점심 예약 손님 때문에 시간이 많지 않으니 편히 드실 수 있는 것으로 요리해 드리겠습니다."

"셰프가 아직 모르시군요? 우리 마틴이 어떤 분인지."

"예?"

"이분은 미슐랭과 월드 레스토랑 평가의 아시아 책임자십니다. 미슐랭 별 아시죠?"

'미슐랭 별?'

"으헙!"

민규 옆의 종규는 그 말에 놀라 비명을 막았다. 미슐랭 별. 따기만 하면 대박을 보증받는 그 미슐랭의 별…….

"여기 분위기가 마음에 들어서 오신 겁니다. 셰프가 어제 좋은 꿈을 꾸었나 봅니다. 셰프께서 하시기에 따라 좋은 결과를 얻을 수도 있을 겁니다."

여자의 말속에는 기대와 부담이 함께 들어 있었다. 묘한 뉘앙스였다.

"으악, 말로만 듣던 미슐랭 평가단이 온 건가봐."

주방까지 따라온 종규가 몸서리를 쳤다.

"미슐랭 평가단?"

재희도 그 단어에 빠져들었다.

"형, 그 사람들인가 봐. 저 위에 차만술이 모셨다는… 그것들은 돈 써서 부른 것 같던데 우리는 제 발로 오네? 역시 클래스가 다르다니까. 알아서 오잖아?"

"셰프님……."

"쉬잇, 왜 이렇게들 들떴어? 그냥 한 사람의 손님일 뿐이야."

민규의 반응은 아주 냉철했다.

"형, 이건 기회야. 아주 뻑 가는 요리로 녹여 버려. 막말로 차만술이 별을 따면 우린 하나라도 더 따야지."

"나가서 예약 준비나 해라."

민규가 종규 말을 잘랐다.

"알았어, 형, 파이팅. 알았지?"

종규는 분투를 촉구하며 주방에서 나갔다.

외국인.

체질창을 리딩했다. 火형이었다. 거기까지는 좋았다. 문제는
그다음이었다.

미각 등급―B.

섭취 취향―過食.

소화 능력―D.

미각 등급 B.

S도 아니고 A도 아니었다. B라면 그저 평범한 수준에 속
한다. 그래가지고는 미식가라고 할 수 없었다. 골똘하는 순간
뉴욕에서 들었던 루이스의 말이 스쳐 갔다.

브로커!

루이스가 보여주었던 사진. 하지만 당시에는 대충 보았던
민규였다. 당연히 지금 밖에 있는 외국인이 그 브로커인지 확
신할 수 없었다.

잠시 골똘하던 민규가 루이스에게 전화를 걸었다. 다행히
그가 전화를 받았다. 사정을 설명하고 사진을 전송받았다.

"……!"

사진을 본 민규 얼굴이 창백하게 변했다. 민규의 짐작이 옳
았다. 미슐랭 별을 미끼로 사기 행각을 일삼는다는 안토니였
다. 두 가지 옵션으로 돈을 후리는 그 안토니…….

'일단 확인을 해볼까?'

민규가 전채를 들고 나왔다. 오색과일말림과 오미자양갱이 었다. 양갱에 코팅 필살기는 쓰지 않았다.

"오, 뷰리플!"

마틴이 발음에는 버터기가 넘쳤다. 하나하나 집어 먹는 표정도 나름 우아했다. 미각과 생각은 망가졌으되 미식의 품위만은 남아 있었다.

"식감과 칼라의 조화가 완벽하군요. 완벽해."

짝짝짝!

박수까지 보내놓는 마틴. 여자가 냅킨을 뽑아주자 우아하게 입술을 닦았다. 그 모든 과정은 유명한 미식가답게 어떤 어색함도 없었다.

"다음 요리를 기대하십니다."

여자가 민규를 바라보았다.

이번에는 쇠고기가 들어간 약선숭어만두와 고구마와 호박 부각을 세팅해 주었다.

"와우."

마틴의 감탄사는 한 옥타브씩 높아졌다.

"셰프!"

부각을 비워낸 마틴이 민규를 향해 돌아앉았다.

"예."

"Can you speak Engilsh?"

"Yes, a little."

"Oh, That is good. 당신의 레스토랑 말입니다. 훌륭한 구성에 훌륭한 요리, 예상치 못한 기대에 혀가 황홀해지는군요. 하지만 아쉬운 게 딱 하나 있군요."

"어떤……?"

"미슐랭 별 말입니다. 어떻게 당신 같은 셰프가 미슐랭의 별을 받지 못했을 수가 있죠? 이건 아시아 평가단의 직무 유기입니다."

"……."

"우리 마틴은 사실 미슐랭 평가단의 아시아 책임자십니다. 셰프는 오늘 행운을 잡은 거예요."

여자가 슬쩍 끼어들어 분위기를 띄워놓았다.

"하긴 한국 요리가 부쩍 부각되었죠. 그래서 우리 평가단이 놓친 부분을 내가 직접 나서서 체크하고 있습니다. 저 위의 차 약선방도 그런 경우죠. 그런데 코앞에 이런 보석이 또 있었다니……."

"……."

"저 위의 차 약선방에는 별 하나를 줄 생각입니다."

"……."

"하지만 당신 레스토랑은 하나로 안 되겠군요. 두 개는 문제가 없고 잘하면 세 개도 가능한 포스인데……."

"세 개나요?"

"그런데… 이게 말이죠, 우리 평가에 내부적인 규정이 문제란 말이에요."

마틴이 한숨을 쉬었다. 그러자 여자가 그 말을 이어주었다.

"셰프."

"예?"

"저도 셰프 요리가 아까워서 말씀드리는데 혹시 리베이트 아세요?"

리베이트.

마침내 핵심이 고개를 들었다.

"마틴이 책임자이긴 하지만 미세린의 별은 혼자 결정하는 게 아니에요. 혹시 약간의 리베이트를 제공할 생각이 있나요? 참고로 말하자면 저 위의 차 약선방은 5천만 원을 내셨어요."

"······?"

"사실 돈이 중요한 건 아니죠. 미슐랭의 별을 달면 몇 달 안에 본전을 뽑습니다. 요리사로서의 영광은 덤이고요."

"······."

"어때요? 일생일대의 기회인데··· 이것도 우리 마틴이 당신을 좋게 본 덕분이랍니다."

"고맙습니다. 나머지 요리를 내오겠습니다."

민규가 돌아섰다. 이제는 더 의심할 바가 없었다.

"형······."

안으로 들어서자 종규가 볼멘소리를 냈다.

"표정 왜 그래?"

"형이야말로 왜? 미슐랭 별 주러온 사람을……."

"형이 다 생각이 있어서 그래. 내가 시킨 대로 제대로 해라."

민규는 단호했다.

마무리는 궁중배추선과 율란이었다. 배추선은 배추만두라고 해도 과언이 아니었다. 두부와 표고버섯으로 소를 만든 후에 살짝 절인 배춧잎의 물기를 짠 후에 말아내고 미나리로 묶었다. 그런 다음 육수에 넣고 센 불에서 끓여내면 끝. 초자연수는 아무것도 쓰지 않았다. 민규가 직접 한 것도 아니었다. 마지막 요리는 재희 손을 빌리는 민규였다.

"셰프님."

재희는 벌벌 떨었지만 민규는 태연했다. 생각이 있는 까닭이었다.

마지막 요리가 테이블을 장식했다. 빈 잔의 물은 생수 통에서 따랐다. 두 손님이 보는 앞이었다. 물 잔을 놓을 때 처음으로, 초자연수를 선물해 주었다.

톡!

한 방울이었다.

톡!

한 방울 더 보탰다. 지금까지 얼마나 많은 셰프들을 울렸을까 생각하니 감정이 보태졌다. 여자에게도 같은 물을 선물했다. 어떤 관계인지는 모르지만 좋은 여자일 리 없었다.

"마틴께서 셰프 생각을 알고 싶답니다. 워낙 바쁘신 몸이라……."

여자가 민규의 확답을 원했다.

"그전에 마지막 요리의 평을 마저 듣고 싶습니다."

민규가 역질문을 날렸다.

"The Best!"

마틴이 엄지척을 세워 보였다.

"정말입니까?"

"그럼요. 당신은 숨은 보석입니다."

마틴의 엄지척은 내려갈 생각을 하지 않았다.

"그것 참 난해하군요."

민규가 피식 웃음을 머금었다.

"난해?"

"방금 그 요리, 내가 한 게 아니거든요."

"……?"

"당신은 거짓말을 하고 있는 거죠. 제 요리에 대한 맛도, 당신의 직업도, 당신의 이름도 다 거짓말."

"무슨 소리를 하는 거예요?"

여자가 발끈하고 나섰다.

"당신은 빠져요. 이건 나하고 안토니의 문제니까. 그렇죠? 안토니?"

"……!"

민규의 말에 마틴이 하얗게 질려 버렸다. 자신의 본명이 나왔기 때문이었다.

"5,000만 원이라고? 미슐랭이 언제부터 돈을 받고 별을 팔았나? 그런 별이라면 나는 백 개를 줘도 필요치 않아."

"······."

"게다가 당신, 미식 능력도 없잖아? 당신의 미각세포는 보통 사람에 불과하거든. 하긴 그러니까 내가 만든 요리도 우리 부셰프가 만든 요리도 구분을 못 하는 거겠지. 그러니 이제 이 따위 사기 행각일랑 때려치우고 법의 심판이나 받으셔."

민규 눈에서 불꽃이 튀었다.

"이봐!"

마틴이 눈을 부라리며 튀어 올랐다. 순간, 민규가 그 어깨를 눌러놓았다. 칼질로 단련된 근육에서 나오는 강력한 힘이었다.

"이봐, 안토니!"

"······."

완전하게 압도되는 마틴.

"그래도 한때는 미식계에서 종사했다기에 예의상 식사 대접은 한 거야. 감옥에 가면 당분간 좋은 요리는 꿈도 못 꿀 테니까 말이야. 나머지 할 말은 경찰서에 가서 하시도록."

"경찰?"

마틴의 폭주와 더불어 경찰차의 사이렌 소리가 들렸다. 민규의 신호를 받은 종규가 신고를 한 까닭이었다. 차에서 내린 경찰이 마틴과 여자를 제압했다.

"아이고, 배야. 잡아갈 사람들은 이자들이오. 음식이 상했는지 배가 아프네."

마틴이 돌연 배를 잡고 늘어졌다.

"이봐요. 이분은 굉장히 저명한 외국인이세요. 이 식당에서 상한 재료를 쓴 거 같은데 조사부터 하세요."

마틴을 부축한 여자가 길길이 날뛰었다.

"그럴 줄 알고 이걸 준비해 두었습니다."

민규가 여자 눈앞에 종규 핸드폰을 내밀었다. 동영상이 돌아갔다. 마틴과 여자의 테이블이었다. 둘은 식사를 하면서도 뭔가를 계속 수군거렸다. 화룡점정은 마지막 화면에 있었다. 민규가 마틴의 정체를 밝히고 경찰차 사이렌 소리가 들리자 마틴이 재빨리 뭔가를 꺼내 접시에 뿌리는 게 보였다.

화면을 본 경찰이 마틴의 주머니를 뒤졌다. 거기서 약이 나왔다. 급성복통을 유발하는 식재료 가루였다. 저걸 휴대하다가 수틀리면 음식을 문제 삼아 목적을 이룬 천박한 인간.

"으윽!"

꼬리를 잡힌 마틴이 치를 떨었다. 하지만 그의 복통은 자꾸만 깊이를 더해갔다.

"……?"

마틴의 미간이 격하게 구겨졌다. 그가 원래 느끼던 복통과 달랐다. 이건 쇼를 위한 작은 고통이 아니라 '진짜'였다.

"으억!"

"어머!"

마틴에 이어 여자도 배를 움켜잡았다. 민규 초자연수의 효력 발효였다. 물 요리사의 식당을 찾아준 귀한 손님들(?). 차마 그냥 보낼 수 없어 동기상한수를 정성껏 접대한 민규였다. 결국 119의 특급 후송까지 받게 되는 사기꾼들이었다.

"형."

경찰차가 멀어지자 종규 목소리가 기어들어 갔다.

"어깨 쳐진 거 봐라. 수고했다. 동영상 찍느라고."

"나는 그것도 모르고……."

"다행히 미국에서 들은 정보가 있었거든."

"셰프님……."

재희 목소리도 덩달아 '울먹' 직전이었다.

"재희는 또 왜?"

"고마워서요."

"뭐가?"

"방금 저를 부셰프라고……."

"나 없을 때 주방에서 멋대로 설친 것들이 부셰프 할 자신도 없어? 빨리 정신 줄 챙기고 다음 예약 받을 준비나 해."

민규가 애정 어린 목청을 높였다. 해프닝의 마무리였다.

점심시간은 따뜻하게 지나갔다. 네 테이블을 받았지만 모두 만족스레 돌아갔다.

　두 팀은 추가 예약까지 하고 갔다. 이제 남은 건 한 팀이었다.

　"예약 넘버 14번, 이규태 박사님 외 1명."

　종규가 예약을 상기시켰다. 종규의 특기 중의 하나. 다른 건 몰라도 예약자 스케줄은 줄줄 외우는 종규였다. 하지만 손님은 오지 않았다.

　30분 경과.

　어떤 연락도 오지 않았다.

　"아, 씨… No Show인가? 유사 이래 이런 일은 처음인데……."

　종규가 쓴 입맛을 다셨다.

　"뭐 그럴 수도 있지. 그냥 두고 나가서 황 할머니 내려오시나 봐라. 어떨 때는 빨리 가시거든."

　민규가 종규를 시켰다. 막간을 이용해 황삼분 할머니에게 식사를 대접할 생각이었다. 그때 문자가 들어왔다. 이규태였다. 사정이 생겨서 1시간가량 늦는다고 했다. 이규태는 원래 약속을 잘 지키는 사람. 특별한 사정이 있겠거니 하고 편하게 기다렸다.

　1시간이 조금 지나자 입구에 세단이 들어섰다.

　"이 셰프."

　이규태가 먼저 내려 악수를 청해왔다. 함께 온 사람은 60대

후반으로 보이는 사업가였다. 나이에 비해 흰 머리가 거의 없었다.

"이 셰프, 우리 양 회장님 체질 좀 봐주세요. 뭘 먹어야 여기 온 보람을 느낄까요?"

테이블에 앉아 이규태가 주문을 넣었다.

"박사님 앞에서 제가 감히……."

민규가 자세를 낮췄다.

"어허, 이거 왜 이래요? 나야 면허 있는 돌팔이지만 이 셰프는 면허 없는 명의 아닙니까? 솔직히 얼뜨기 한의사들보다야 백배 낫지요."

"그러시면 제가 감히……."

민규가 조용히 뒷말을 이었다. 체질창은 이미 민규 손에 들어온 후였다.

"체질은 火형이신데 혀의 빛깔이 튼실치 않은 데다 식은 땀… 얼굴에 붉은 기가 엿보이고 살결이 고우시니 체형상 심장이 작은 스타일이십니다. 근심이 많으신 상태라 심허가 되었으니 그냥 두면 심장병으로 발현할 가능성이 높으신 것 같으니 오늘 한 끼 잘 챙겨 드시면 조금 나아지리라 봅니다."

"허어!"

듣고 있던 양경조가 무릎을 쳤다. 자신의 사정을 콕 짚어내는 게 아닌가?

"그래, 뭘 먹으면 내 근심이 확 딸려 내려가겠소?"

양경조가 물었다.

"원하시는 게 있습니까?"

"여기가 궁중요리 전문이라고 하던데 실은 그 반대의 민가 음식이 그립습니다만."

"반대라면?"

"내 기억에는 진짜배기 팥죽이 들어 있다오. 요즘 먹는 설탕 범벅 팥죽 말고 입에 물면 푸근한 원초의 단맛이 설탕보다 달큰한 팥죽 말이오."

"해 올리죠."

"그런 것도 가능하오?"

양경조가 민규를 바라보았다.

"귀한 시간 내주셨는데 만들어봐야죠. 박사님은 어떠십니까?"

"그런 게 된다면 나도 묻어가야죠. 가이드랍시고 회장님 모시고 와서 나만 왕의 요리를 받을 수는 없지 않습니까?"

이규태의 대답이 쿨하게 나왔다.

"알겠습니다. 그럼 두 분은 담소 나누시면서 조금만 기다려주시기 바랍니다."

민규가 돌아섰다.

진짜 팥죽.

그 말을 듣는 순간 정진도의 필살기가 기억 안으로 들어왔다.

진짜 팥죽과 가짜 팥죽의 기준은 뭘까? 국산 팥으로 하면 진짜고 수입 팥으로 하면 가짜일까? 옹심이를 찹쌀로 넣으면 진짜고 밀가루로 넣으면 가짜일까? 고민하지 않았다. 새로 받은 필살기 덕분에 그 답을 알고 있는 민규였다. 다행히 그 재료도 민규 손에 있었다.

작은 고추가 맵다는 말이 딱 맞아떨어지는 그 재료······.

—야생.

8. 야생에서 건진 참맛

마비탕, 열탕, 지장수.

물컵 셋에 세 가지 초자연수를 소환했다.

마비탕은 음양기혈 부족의 허혈에 좋은 물. 열탕은 양기를 올리고 경락을 연다.

마지막으로 지장수는 답답한 것을 풀어주니 양경조에게 약이 될 전채(?)였다.

아직은 맞춤형 물컵이 없으므로 같은 잔에 따랐다. 이규태 역시 그의 체질에 맞게 세 잔을 구성했다. 과일말림 세 가지와 오미자 양갱을 곁들여 내주었다. 오미자는 팔방미인이지만 심장에도 좋은 약재였다.

보글보글!

끝죽이 끓기 시작했다. 알맞게 끓어 나오자 이규태의 몫을 먼저 폈다.

양경조의 것은 조금 덜 달여 단내를 배이게 했다. 화형 체질에게 좋은 맛의 하나인 단내를 입혀주는 과정이었다.

톡!

마지막 서비스를 실시했다. 초자연수 하빙이었다. 하빙은 가슴의 답답한 증세를 풀어주니 지장수와 더불어 양경조의 가슴에 맺힌 스트레스 확인 사살용이었다.

"끝죽 나왔습니다."

테이블에 끝죽을 세팅했다. 질그릇에 담긴 끝죽. 그 위에는 잣가루에 버무린 하얀 알을 뿌리고 노란 꼬마꽃 한 송이를 올려 모양을 냈다. 빨간 끝죽 위에 핀 노란 꼬마꽃이 양경조의 시선을 쭉 잡아당겼다.

'이것?'

그의 시선은 노란 꽃에 오래 꽂혔다. 그의 기억 속에 선명히 살아 있는 꽃이기 때문이었다. 그런데… 꽃을 보고 있자니 끝죽의 내용물들도 일부 투시가 되었다.

"……!"

양경조의 시선이 또 한 번 떨렸다.

팥과 보리…….

끝죽 안에 몇 알 보이는 팥은 아주 작았다. 일반적인 팥이 아닌 것이다. 죽 역시 쌀이 아니라 보리쌀을 이용했다. 이런 구성은 현실에서 볼 수 없는 팥죽이었다.

'설마?'

목젖이 멋대로 군침을 삼켜 버렸다.

"드시죠."

이규태, 민규의 실력을 알기에 가타부타 말없이 팥죽부터 권했다. 양경조의 손이 숟가락을 잡았다.

그사이에도 목울대는 멋대로 반응했다. 그 반응은 혀로 번져갔다. 옥침으로 촉촉해진 혀가 입술을 핥았다. 잠시 호흡을 고른 양경조, 팥죽을 떠 들었다.

붉은색 푸근한 팥죽이 끈끈하게 흘러내렸다. 후우, 두어 번 불어 온도를 맞춘 후에 크게 한입을 물었다.

우물!

팥죽을 씹던 양경조가 동작을 멈췄다. 두 가지 외에 뭔가가 또 있었다.

아삭아사삭!

잣이 묻은 뭔가가 입안에서 경쾌하게 씹혔다.

"이거?"

양경조가 고개를 들었다.

"원하시던 진짜가 그것입니까?"

민규가 물었다.

"진짜다마다요. 이 박사가 하도 칭찬을 하길래 기대를 안

한 건 아니지만… 세상에, 아직도 이런 재료를 아는 셰프가 있다니. 그것도 젊은 셰프가……."

말을 하면서 한입.

목 넘김이 끝나기도 전에 또 한입…….

이마의 땀을 닦아내다 잠시 숨을 멈췄다. 거기 희미한 형상들이 보였다.

형상 속의 사람들은 이규태 박사가 아니었다. 양경조의 기억 속에 그리움으로 남아 있는 가족의 한 장면. 지금은 다 사라진 어머니, 아버지, 할머니, 그리고 동생… 다시는 돌아갈 수 없는 그날과 마주 앉은 것이다.

할머니…….

단어 하나로 팥죽을 든 손이 떨렸다.

어머니…….

더 떨렸다.

"경조야, 많이 먹으렴."

어머니 목소리가 들렸다.

"많이 먹어야 큰사람 되지."

대문니 없는 할머니도 한마디를 거든다.

뜨거워진 눈시울을 눈을 질끈 감고는 그릇을 집어 들었다. 팥죽을 퍼 넣었다. 어린 시절을 퍼 넣고 어머니와 할머니의 기억을 퍼 넣었다. 그렇게 팥죽을 비워내는 양경조였다.

"후우!"

바닥의 보리쌀 한 알까지 다 찾아 먹고서야 겨우 깊은 맛 숨을 내쉰다.

"어떻습니까?"

이규태가 조용히 물었다.

"최고입니다. 이게 바로 내가 그렇게 먹고 싶던 진짜배기 팥죽입니다. 정말이지 오랜만에 음식에 만족하게 되네요."

양경조의 얼굴에는 노란 새팥꽃만큼이나 순수한 미소가 떠 있었다.

"회장님 그렇게 편안한 얼굴은 처음 봅니다."

역시 그릇을 비워낸 이규태가 웃었다.

"셰프, 이거 새팥 맞지요? 큰 팥이 아니라 들판에 열리는 새팥. 노란 꽃 피는 그 꼬불꼬불 배배 꼬인 덩굴……."

양경조가 물었다.

"맞습니다."

"허어, 설마 했더니… 그래, 이런 재료를 어디서 구했단 말이오? 셰프 나이면 새팥을 알리가 없는데."

"아는 할머니가 계신데 그분이 가져온 재료입니다."

"팥죽 위에 올린 고명도? 그것도 메 맞지요?"

"그렇습니다."

"허어!"

고경덕이 또 한 번 무릎을 쳤다.

"그럼 보리쌀은… 왜 넣은 거요? 이게 나 어릴 때 화전에 살 때 쌀이 없어서 넣던 건데……."

"회장님은 심장이 좋지 않은 편이니 보리와 궁합이 맞지요. 소금도 심장에 맞춰 볶은 소금으로 간을 맞췄으니 조금 더 맛이 살아났을 겁니다."

"어이쿠, 그럼 결국 이게 약선요리였구먼?"

"약선이라는 게 별거 아닙니다. 회장님 어리실 때 받았던 밥상들이 다 음양을 맞춘 약선이었습니다. 과거의 밥상들은 그랬으니까요."

"그래서 그때는 맨밥에 간장을 비벼 먹어도 꿀맛이었나 보군요."

"예."

"그러고 보니 땀도 많이 멈췄고……."

"아까 마신 물이 식은땀에 좋은 약수였습니다. 거기에 체질에 맞춘 새팥죽을 드셨으니 오실 때보다는 한결 나아졌을 겁니다."

"허허, 다시는 못 먹을 줄 알았던 새팥죽에 근심까지 덮어쓰기가 되다니… 이 박사님, 새팥 아십니까? 이게 말이죠, 워낙 작아서 팥의 5분의 1이나 될까? 종일 따서 모야야 한 됫박도 안 된단 말입니다."

"죄송합니다. 저는 도시에서 자라서… 그냥 한약의 일부로 만 아는 형편이지요."

"그렇군요. 아무튼 이 새팥이 얼마나 좋으냐면 소란 놈들도 이 넝쿨만 골라서 먹는다니까요. 게다가 새팥이 얼마나 달달 한지 이걸 쑬 때면 멀리까지 그 냄새가 솔솔 풍기거든요."

"예……"

"아, 이 달콤함. 아직도 배 속에서 단내가 올라와요. 이게 인공으로 만든 설탕하고는 비교 자체가 안 되는 맛이지요. 오 랫동안 잊고 산 단맛의 원형이 바로 이 맛이에요. 어릴 때는 이거에 민물김 한 조각 서로 걸 더 먹으려고 동생하고 얼마나 다퉜던지… 보세요? 내가 나이에 비해 흰머리가 없지요? 이게 다 민물김 때문이라니까요. 그거 많이 먹으면 흰머리도 안 난 다고 들었거든요."

양경조의 기억이 과거로 돌아갔다.

그는 가난한 화전민의 아들이었다. 형이 하나 있었지만 어 릴 때 배앓이를 하다 죽었다. 양경조도 죽을 뻔한 적이 있었 다. 화전이다 보니 독사가 많았다.

어느 날, 땔감을 하다가 그 뱀과 딱 마주쳤다. 그 뱀이 양경 조를 물려고 덤빌 때 지게작대기로 후려 팬 게 세 살 어린 동 생이었다.

"뱀 새끼가 어디서 우리 형아를 물려고 지랄이야."

오랫동안 잊고 살았던 동생의 목소리가 새록거렸다. 동생은 양경조를 잘 따랐다. 나이는 어리지만 싸움을 잘해 듬직하기 그지없었다. 토닥토닥 싸운 적도 많지만 큰일에서는 언제나 양경조 편을 들던 그였다.

그것 말고도 형을 구한 적이 있었다. 계곡 찬물에서 민물김을 딸 때였다. 그 바위는 굉장히 미끄럽다. 몸이 기울어 물에 빠지기 직전, 바짓가랑이를 잡아준 것도 동생…….

양경조의 근심의 뿌리는 사실 그 동생이었다. 둘이 합심해서 사업을 일궜다. 회사가 커지자 파벌이 생겼고 둘의 의견이 갈리게 되었다. 경영권 분쟁이 싹튼 것이다. 양경조는 동생의 행위가 괘씸했다.

부모님이 일찍 돌아가신 후로 화전촌에서 나왔다. 온갖 고생을 하며 겨우 성공 가도를 이루었다. 그렇게 부모처럼 돌봐주었는데 이제 와서 경영권 지분의 반을 요구하는 것이다.

그런데, 새팥죽 한 그릇으로 돌아보니 양경조가 동생을 챙기기만 한 건 아니었다. 동생의 도움을 많이 받았다. 따지고 보면, 동생이 없었다면 망했을지도 모를 회사였다.

'병조 녀석…….'

밉기만 하던 얼굴이 정답게 느껴졌다. 갑자기, 동생과 같이 앉아 이 새팥죽 한 그릇 나누고 싶었다.

"셰프."

양경조가 민규를 바라보았다.

"예."

"이 새팥죽 말이오, 혹시 내 동생하고도 같이 먹을 수 있겠소?"

"물론이죠."

"그럼 이번 주말에 예약을 좀 부탁합니다. 다른 거 아무것도 필요 없고 딱 이 팥죽이면 됩니다. 돈은 달라는 대로 치르겠습니다."

"알겠습니다."

"혹시 잊어버릴지 모르니 선불 내고 가렵니다. 오늘 식사비까지 해서 듬뿍 긁으세요."

양경조가 카드를 내밀었다.

"어이쿠, 제가 쏘기로 했는데 이러시면……."

이규태가 손을 내저었다.

"박사님 덕분에 호강한 날 아닙니까? 최고의 팥죽을 먹었고, 속도 시원하게 뚫렸고, 게다가 식은땀 나는 고질도… 그러니 당연히 제가 쏴야죠."

"그럼 나는 이 팥을 가져왔다는 할머니께 팁이나 쏴야겠네요. 이 셰프, 그래도 되겠지?"

이규태가 민규를 바라보았다.

"그럼 좋죠."

흔쾌히 콜을 받았다. 이 박사도 체면이 있는 까닭이었다.

"오케이."

민규 답을 들은 이규태, 오만 원권 몇 장을 잡히는 대로 꺼내놓았다.

"이 셰프."

양경조가 화장실에 간 후에 이규태가 슬쩍 다가왔다.

"예, 박사님."

"이 셰프가 진짜 명의요. 저분이 경영권 분쟁 스트레스 때문에 침 맞으러 다니는데 나도 못한 걸 죽 한 그릇으로 싹 풀어주다니."

"별말씀을……."

"아무튼 나도 살맛이 나네요. 손님만 모셔오면 이렇게 만족을 시켜주니… 정말이지 이 셰프는 황실 최고의 식의를 보는 것 같다니까요."

이규태 역시 환한 얼굴이 되어 돌아갔다.

"형, 방금 그 사람 누군 줄 알아?"

차가 떠나자 종규가 호들갑을 떨었다.

"누구면?"

"그 사람이야. 육성그룹 양경조 회장님."

'육성그룹?'

그렇다면 식품 회사 쪽도 식치방 못지않게 유명한 곳. 하지만 타이틀 같은 건 상관하지 않았다. 민규의 테이블에 앉는 한 누구든 한 사람의 손님일 뿐이었다.

"이거 할머니 주라고?"

종규가 오만 원권들을 보며 물었다.

"잘 챙겨놓고 나가봐라. 아직 안 내려오셨지?"

"알았어."

종규가 마당을 향해 튀었다.

주방에서 식재료를 다듬을 때 황 할머니가 종규에게 이끌려 들어섰다.

"할머니!"

민규가 반색을 했다.

"우리 이 사장 왔네? 미국 간 일은 잘됐어?"

"잘됐죠. 할머니가 주신 뱀밥나물과 광대나물이 빅 히트를 쳤어요."

"그걸 미국까지 가져갔어?"

"예, 미국 사람들이 미친 듯이 좋아하더라고요."

"쯔쯧, 허우대는 멀쑥해 가지고 왜 남의 나라 들풀을 좋아한대? 햄버거에 빠다나 발라 먹지."

"앉으세요. 방금 전에는 새팥을 쑤어냈는데 손님들이 좋아하더라고요."

"역시 우리 이 사장은 먹거리 귀한 걸 안다니까. 저기 차 사장은 그저 비싸고 좋은 재료만 밝히니……."

"사장은 무슨 사장이에요? 그냥 민규라고 하세요."

"아이고, 그러면 안 되지. 이렇게 번듯하게 가게까지 차렸는데……."

"이거 받으세요. 방금 새팥죽 먹은 테이블에서 회장님들이 주고 가신 돈이에요. 할머니가 재료를 가져오셨다니까 너무 고맙다면서……."

"에그, 뭔 소리야? 그게 다 민규가 요리를 잘해서 그런 거지. 난 필요 없어."

"안 돼요. 할머니 주라고 했거든요."

민규가 할머니 주머니에 지폐를 욱여넣었다.

"그리고 할머니, 그 식재료들 말이에요. 다른 게 더 있어요?"

"있지. 소리쟁이 씨앗에 마름, 댑싸리씨에 옥매듭나물에 무릇곰까지… 내가 그만두래도 우리 동생이 자꾸만 챙겨서 보내거든. 걔가 혼자가 되니 심심해서 소일거리 삼아 돌아치다 보니 자꾸 모이는가 봐."

"그거 가져오세요. 제가 다 살게요."

"민규가 산다고? 아이고, 그까짓 들판에 저절로 나는 걸 사기는 뭘 사? 그럼 인정머리 떨어지니까 그냥 줄게. 정 미안하면 택배비나 좀 동생한테 보내게."

"아닙니다. 대신 동생분에게 더 많이 해서 보내달라고 하세요. 똑새풀, 옥매듭, 피, 댑싸리 씨앗 같은 거 말이에요. 돈은 제가 시장가격보다 두 배로 쳐드릴게요. 그럼 동생분에게도 보탬이 되잖습니까?"

민규 입에서 야생초 이름들이 줄줄 나왔다. 정진도의 필살기를 받았으니 황 할머니보다도 잘 알게 된 민규였다.

"참말이여?"

"그럼요. 그런 맛 좋아하는 사람들 많거든요. 게다가 시장에서는 팔지도 않고⋯⋯."

"그게 장터에 들고 나가면 아는 사람이 있어야 사지? 다들 못 먹는 거 판다고 헛소리나 해대니까 동생도 내다 파는 건 애당초 포기를 했지."

"아무튼 부탁합니다. 대신 꾸준히 보내주셔야 해요."

"동생 사는 산골에 늙은이들이 몇 있으니 그런 건 걱정 안 해도 돼. 용돈이라도 보낼 수 있다고 하면 잠도 안 자고 뜯으러 다닐걸? 아이고, 우리 동생이 로또 맞았네, 로또."

"로또 맞은 건 저예요. 할머니!"

"아유, 요리하는 사람 마음보가 이래야지. 차 사장은 심보가 글러먹었어. 이번에도 무슨 미수레인지 고수레인지 별을 산다고 생돈 처들이더니 그게 사기였다고 하더라고."

"그 사기꾼들 잡은 게 우리 형이에요."

옆에 있던 종규가 생중계를 했다.

"그랬어? 아유, 잘했네. 그러게 음식이라는 게 저절로 소문이 나는 거지 돈 들여 소문을 내면 얼마나 간다고⋯ 그래도 조심해. 내가 내려오면서 듣자니 괜히 민규를 탓하고 있더라고."

"차 사장님 성격이 원래 그렇잖아요. 잠깐만요. 제가 새팥죽 한 그릇 쑤어올 테니까 드시고 맛 평가 좀 해주세요."

민규가 자리를 털고 일어섰다.

"아유, 새팥죽, 나도 참말로 오랜만이네?"

팥죽을 받아 든 할머니가 반색을 했다.

"달아, 혀에 착착 감기는 단맛이잖아? 제대로 쑤었네. 민규 손이 이제 옛날 엄마 손이라니까."

할머니의 격려는 뜨거웠다. 그 격려는 인공이라고는 티끌만큼도 가미되지 않은 새팥의 자연 감미처럼 민규 마음에 달달하게 쌓였다.

─VIP를 위한 천연새팥죽.

자연산이라는 말로도 모자라는 새팥죽. 그러나 그래봤자 팥죽. 이런 게 주연급 메뉴가 될 수 있을까? 민규의 생각은 당연히 가능하다였다.

먹거리 패러다임이 변한 세상. 새팥처럼 완벽한 자연주의 식재료도 드물었다. 게다가 자연산조차 압도해 버리는 야생의 참맛.

조연이 주연으로 바뀌는 경우는 이제 드물지 않았다. 일본에서는 와사비로 불리는 고추냉이가 그렇다. 최상급 고추냉이라면 조연에 머무르지 않았다. 참치회도 고추냉이를 위해 준비가 되고 음료에도 고추냉이를 넣어 맛을 살리는 식이었다.

어쩌면 민규가 꿈꾸던 완전한 식재료이자 최고의 약선요리.

야생의 먹거리야말로 초빛약선에 잘 어울리는 그림이었다.

천연새팥죽.

민규의 또 하나의 주력 메뉴로 당첨이 되었다.

9. 버닝하는 셰프

　점심과 저녁 시간의 막간, 민규가 주문한 회심의 재료가 도착했다. 잠시 후에 반가운 손님이 내방했다. 국민대 유리공예학과를 졸업한 이상배였다.

　스물여덟의 그는 민규처럼 호기심 강한 청년이었다. 민규의 설명을 듣고 온 그가 작품 가방을 열었다. 안에서 나온 건 다양한 유리공예품이었다. 그의 실험 정신은 창작요리에 버금가고 있었다. 한마디로 혼을 뺄 듯한 자태들이었다.

　"기막히군요."

　민규는 첫눈에 반하고 말았다. 그의 답은 조금 다르게 나왔다.

"알아주니 고맙습니다. 하지만 다른 사람들은 돈 안 된다고 방향을 바꾸라고들 하지요."

이상배가 웃었다. 공감이 가는 말이었다. 사람의 관점과 눈높이는 서로 다르다. 민규의 초자연수 33에는 더없이 유용하지만 일반적인 사람들에게는 어중간할 수 있었다. 보석이 아니니 소장 가치는 없고, 가격은 만만치 않은 물건이기 때문이었다,

"작가님 작품을 봤으니 제 물맛도 좀 보여 드릴까요?"

"에이, 작가는 무슨요. 그냥 이름 부르셔도 됩니다."

"이런 작품 만드는 분이 작가가 아니면 누가 작가입니까? 저도 뭐 그렇게 대단한 셰프는 아니니 부담 갖지 마세요."

주방으로 자리를 옮기고 첫 물 잔을 건네주었다. 일단은 정화수가 스타트를 끊었다.

"앗, 물이 굉장히 시원하고 다네요? 뇌수를 빡, 치는 게 정신도 번쩍 드는 것 같고……."

"다음은 이 물입니다."

잔을 바꾸어주었다. 지장수였다.

"으음, 이 물은 속이 확 풀리는 기분이군요."

이상배는 물맛을 제대로 알았다. 예술을 하는 기본기 때문이었다. 민규가 읽어낸 그의 미식 능력은 B에 불과했다. 하지만 A에 가까운 미각을 표현하는 건 예술가의 집중력과 표현 능력 덕분이었다.

33가지 물을 다 선보이지는 않았다. 동기상한은 목 넘김 없이 맛만 보게 했고 그 찜찜한 맛은 반천하수로 달래주었다.

"아, 이 물은 마치 머리에 영감을 주는 듯한데요? 뇌세포의 때를 씻어준달까."

"제가 만드는 물이 그렇게 조금씩 다릅니다. 사실 물 요리라는 게 좀 생소한 일이라서 서비스로만 내고 있었는데 물의 성격과 어울리는 물 잔에 담아내면 요리로서의 가치도 생기고 먹는 사람의 신뢰도 올라갈 것 같아서 말이죠."

"대단하군요. 물 요리라니… 저도 일전에 뭐 좀 배울 게 있을까 싶어 일본과 중국을 두어 달 돌고 온 적이 있는데 거기서도 이런 건……."

"가능할까요? 저희 가게 분위기를 살려 약간의 질그릇 느낌에 물의 투명함을 살리는 방향으로……."

"으음… 재미날 거 같은데요? 특급 호텔에 주스 잔이나 아이스크림 잔 같은 걸로 선보인 적은 있지만 신비한 물을 담아내는 물 잔이라니……."

"비용은 얼마나 들까요?"

"글쎄요, 샘플을 뽑아봐야 알겠지만 30여 가지의 물 잔을 20~30개씩 세트로 만든다면 2천만 원 정도는 들 거 같은데요?"

2,000만 원.

물컵으로는 적은 돈이 아니었다. 하지만 민규는 쿨하게 그

견적을 수용했다.

"일단 500만 원을 계약금으로 드리겠습니다. 당분간은 몇 벌만 있어도 가능할 테니까 제대로만 만들어주십시오."

"하핫, 셰프님이 진짜 쿨하시군요. 대개는 계약금 10%만 달랑 던져주고 물건 가져오라고 하는데… 게다가 '빨리 잘'이 아니라 제대로라니……."

"셰프도 실은 작가에 가깝거든요. 창작하는 그 마음 저도 잘 압니다. 초짜 요리사할 때 빨리빨리, 맛있게 하라는 황당한 요청에 정신 줄 놓은 적이 많습니다."

"알겠습니다. 어차피 다른 일거리도 없으니 한번 올인해 보죠. 대신 쿨하게 나오시니 10%, 200만 원은 깎아드리겠습니다."

"200만 원이라… 그 얘기 전에 일단 식사 좀 하실까요?"

"식사요?"

"이렇게 오신 것도 인연이니 작품 잘 만들어달라는 아부로 요리 한 접시 올리겠습니다. 별것 아니니 편안하게 드시고 가시기 바랍니다."

"어, 그러면 안 되죠. 돈 받는 일인데 제가 매상을 올려 드려야……."

"아닙니다. 저희가 물만 파는 게 아니니 일단 먹어보시고 마음에 안 드시면 계약 파기하셔도 됩니다. 솔직히 요리 맛없는 식당에 좋은 물이 무슨 소용이 있겠습니까?"

"셰프……."

"제가 체질을 좀 볼 줄 아는데 닭고기가 몸에 잘 어울립니다. 그렇잖아도 재래닭이 오는 날이니 궁중칠향계라고 한번 드셔보시기 바랍니다. 원래는 도라지를 넣는데 체질에 맞춰 더덕과 산수유, 황련을 넣어드릴 테니 기대하셔도 좋습니다."

민규가 재희를 불러 테이블로 안내를 맡겼다. 이상배는 꼼짝없이 테이블에 앉았다.

"큼큼!"

재래닭의 품질을 확인했다. 살에서 나는 나무의 향이 좋았다. 자연 속에서 풀과 열매를 많이 주워 먹은 놈이었다. 그 꽁지 밑으로 구멍을 뚫어 내장을 꺼냈다. 그런 다음 한 가지를 더 꺼냈다. 바로 뼈였다.

'될까?'

닭을 잡고 잠시 생각했다. 뼈를 일부 남기려는 생각이었다. 한국 사람이라면 닭다리다. 다리를 잡고 뜯어야 제맛이다.

톡톡!

다리 뼈 두 개를 제외하고 관절을 쳤다.

'오!'

뜻대로 되었다. 다리뼈만 남고 모든 뼈가 빠진 것이다.

요리 이름인 칠향계답게 일곱 가지 재료를 상지수창에 맞춰 채웠다.

―더덕, 산수유, 황련, 생강, 천초, 청장, 참기름.

닭을 단지에 담았다. 뼈 역시 피를 제거한 후에 함께 넣었다. 그래야 제맛이 난다. 완성된 후에 골라내는 수고만 더하면 될 일이었다.

여기서 민규가 필살기의 재료를 개봉했다. 얇디얇은 식용 금가루였다.

'꿀꺽!'

몸이 긴장을 느끼자 마른침이 넘어갔다. 이윤의 필살기 코팅. 다른 식재료는 이미 시험해 본 민규. 그러나 금박 씌우기, 즉 금 코팅은 처음이었다.

반천하수에 금가루를 뿌렸다. 코팅이 될 정도로 충분히 뿌렸다. 그런 다음에 닭을 집어 들었다.

파르르.

손이 떨었다. 이윤이 그랬듯, 정성을 다해 닭을 담갔다. 그러자……

'아아.'

온몸에 전율이 일었다. 상지수 중첩포막(包膜)법의 발현. 금가루들, 마치 자석에 달라붙는 쇳가루처럼 닭의 표면에 막을 이룬 것이다. 재래닭은 어느새 금닭이 되어 있었다. 식용 황금 옷을 입은……

중탕용 물은 납설수를 택했다. 예술가라면 차가운 이성이 필요할 일. 열을 다스리고 눈의 충혈을 풀어주는 물이니 고민하지 않았다.

불길 하나도 허투루 다루지 않았다. 더 세도 안 되고 약해도 안 되는 게 요리였다. 그 감은 오로지 솥의 열과 김으로 판단한다. 민규는 스스로 유리공에 물컵을 만들듯 심혈을 기울여 요리를 돌보았다.

"아!"

칠향계를 받아 든 이성배, 탄식부터 쉬었다. 금김밥 말은 들었지만, 금닭. 난생처음 보는 황홀함이었다. 황금으로 반짝이는 존엄은 천상의 요리를 연상케 하고도 남았다.

"어머!"

보조하던 재희 역시 벌린 입을 다물지 못했다. 이윤이 황제에게나 바치던 전설의 요리 황궁황금칠향계의 재현이었다.

색깔만 놀라운 게 아니었다. 푸근한 닭고기의 향 또한 후각을 마비시킬 듯 압도적이었다. 그 안에서 은은하게 배어나오는 일곱 가지 재료의 조화. 냄새만 맡고서도 나사가 풀려 버리는 것이다.

"셰프."

정신을 차린 이상배가 민규를 바라보았다.

"황궁황금칠향계입니다. 전설에 나오는 요리의 하나죠. 중국의 황제들 중에서도 한두 명만 맛을 보았다는 요리… 제 물잔을 만들 때 좋은 영감이 떠오르라고 만들어보았습니다. 맛나게 드시고 물컵도 맛나게 부탁합니다."

민규가 말했다.

"이게 물들인 게 아니라?"

"쉽게 말하면 식용 금 코팅입니다. 몸의 중금속 배출에도 좋으니 편하게 드세요."

'황금칠향계…….'

주저하던 이상배, 위엄에 홀려 다리를 잡았다. 하나를 찢자 쫄깃한 육질이 흐드러지게 뜯어졌다. 겉은 반짝거리는 황금 코팅, 안은 기름진 살집. 그 풍미와 살결의 존엄은 치킨집 통닭과는 대체 불가의 위엄이었다.

침을 삼키고 한입부터 물었다.

"후아아!"

이상배의 입에서 비명 같은 신음이 나왔다. 단숨에 옥침이 한가득이다. 비린내와 잡내라고는 한 올도 남지 않은 근육. 그 사이에 밴 이슬처럼 맑은 약간의 기름기. 그게 윤활유가 되어 포근하게 퍼지는 맛.

한 결, 한 결 모듬 진 근육이 쫄깃하고 야들하게 감겨드나 싶더니 입술과 잇몸에 풍후하게 달라붙었다 퍼지는 풍미의 정수는 정말이지 천국의 맛을 물고 있는 것만 같았다.

'어?'

살을 집던 이상배의 눈이 또 한 번 휘둥그레졌다. 닭 안에 뼈가 없는 것이다.

"먹기 좋게 잡뼈는 미리 발랐습니다."

민규가 설명을 했다.

"하지만······."

이상배의 정신 줄이 흔들거렸다. 뼈를 발랐다지만 닭의 형체가 온전한 까닭이었다.

'에라.'

신경을 딱 꺼버리고 살을 집어 들었다. 다리와 몸통 사이에 함축되었던 풍미가 폭발처럼 밀려 나왔다. 이른 아침의 이슬처럼 알알이 맺힌 작은 기름 덩어리들. 보기에는 얌전했지만 입으로 들어가자 하드록처럼 제어 불능으로 퍼져 나갔다.

어쩌면 지뢰였다. 맛의 지뢰. 그 지뢰들이 이성배의 미각세포를 따라 자폭을 하고 있었다. 미공은 이미 산산 분해. 미각 수용체세포도 미각세포도, 그 바닥의 기저세포까지 퍼펙트한 감염. 몸서리치지 않을 수 없는 닭 맛의 지존이 거기 있었다.

"셰프······."

살을 가득 문 채 그가 민규를 바라보았다.

"예."

"시범이군요?"

"예?"

"이 요리 말입니다. 상상을 초월하는 금 코팅에 천상의 맛··· 좋은 유리공예를 하려면 타이밍과의 싸움이지요. 유리는 어쩌면 요리처럼, 모든 과정이 한 번에 이루어집니다. 바로 그 타이밍에 자연의 색감을 어떻게 어우러지게 만들지 결정해야 합니다."

"……."

"그 색감의 오묘한 그러데이션… 그게 이 요리 안에 있습니다. 창조와 오미의 조화… 오감을 녹여 버리는 미식 무장해제 말입니다."

"예……."

"하핫, 부담 백배지만 이런 정신을 기본으로 삼으면 못할 것도 없을 거 같습니다. 그래서 말인데요, 셰프."

"예."

"이 요리가 황궁황금칠향계라고 하셨죠?"

"그렇습니다."

"몸이 죽여주는 클럽에 들어선 기분입니다. 기왕이면 한 마리 더 먹어야 할 것 같은데 이번에는 제 주문으로 신청합니다. 이런 맛도 과식하면 맛이 없게 느껴지는지, 한번 체험해 보고 싶군요."

이상배의 눈빛은 진지했다. 그의 소화 능력에 비춰 세팅한 재래닭.

그러나 민규 역시 그 콜을 쿨하게 받아들였다. 아직 젊은 예술가. 기분이 업된 날에 닭 한 마리 더 먹는다고 문제가 될 것도 없었다.

그의 기분을 살려 소화를 돕는 요수 서비스도 생략했다. 전생에 도예가이기도 했던 민규. 그 예술혼이 희미하게 남았으니 예술가의 감성을 존중할 정도는 되었다.

두 번째 황궁황금칠향계가 나왔다.

쭈욱!

새 닭의 다리를 이상배가 찢었다. 먹기 좋게 흩어지며 매달린 근육 부위들이 다시 식욕을 폭발시켰다.

"어후우!"

이상배가 또 한입을 물었다. 두 마리째임에도 그는, 여전히 게걸스럽기만 했다. 중간에는 닭에서 빠져나온 육수도 마셔준다.

육수 또한 위장 안에 감동의 비를 내려주었다. 육수의 궁극이 따로 없었으니 닭고기를 재발견하는 날이었다. 결국 그는 육수의 한 방울까지도 핥아버리고 말았다.

바라보는 민규도 흐뭇했다. 먹는 모습도 열정적. 이런 사람이 일도 잘하기 때문이었다.

"이 작가님."

민규가 조용히 말을 붙였다.

"네."

"그 요리, 돈으로 치면 얼마 정도 내실 의향이 있습니까?"

"이런 요리라면 돈으로 매기기 곤란하겠네요. 제가 돈이 많다면 500만 원, 아니, 1,000만 원이라도 내고 먹고 싶은 요리입니다."

"아까 저한테 200만 원 깎아주겠다고 하셨죠?"

"예."

"만약 이걸 1,000만 원에 먹었다면 도합 1,200만 원이겠군요?"

"예?"

"한 푼도 깎지 않겠습니다. 대신 2,000만 원이 아니라 3,000만 원짜리 작품으로 부탁드립니다."

민규 표정은 더없이 정중했다. 이상배는 말을 잃었다. 민규의 요리가 그랬고 인성이 그랬다. 이런 사람이라면, 돈을 떠나 모든 걸 쏟아붓고 싶었다.

"콜입니다."

이상배의 대답도 육수만큼이나 시원했다.

"형, 어떻게 된 거야?"

이상배가 돌아가자 종규 호기심에 불이 붙었다.

"뉴욕에서 배웠다. 됐지?"

"진짜?"

"괜찮았지?"

"이거였어, 이거. 그거 완전 대박 나겠어."

양 엄지가 부러져라 세운 종규, 좋아 어쩔 줄을 몰랐다.

저녁 무렵에는 방송가 손님들이 만원을 이루었다. 손 피디 팀이 국장과 함께 왔고, 그 뒤를 이어 홍설아가 예능 스타들을 끌고 왔다. 그들 중에는 우태희와 배여리 등의 톱 가수도 있었으니 홍설아와 친분을 나누는 스타들이었다.

손 피디 쪽에는 약선요리를 세팅하고 홍설아 쪽에는 소박하면서도 화려함이 강조되는 약선요리로 구성을 맞추었다.

"셰프님."

초자연수를 세팅해 주자 홍설아가 민규를 따라 나왔다.

"저 오늘 밤에 언리미티드 퀸 결선에 나가게 되었어요."

"어, 그래요? 축하합니다."

민규가 답했다. 언리미티드 퀸. 연예인과 유명 인사에 더불어 일반인까지 망라해 예선을 치른 후에 단일 음식을 누가 더많이 먹는가를 겨루는 먹방 예능의 하이라이트였다.

"몸은 많이 좋아진 거 같은데 또 폭식을 하시면……."

민규가 살짝 우려를 표했다.

"그래도 어쩌겠어요? 오늘이 결선이라서… 오늘만 넘기면 그렇게 많이 먹는 프로그램은 캐스팅은 피할 거거든요."

"유종의 미를 거두고 싶으시군요?"

"맞아요. 사람 욕심이란 게… 저를 키워준 프로그램이다 보니 애증이 있어서… 방법이 없을까요?"

"오늘 하루만의 무리라면 제가 한번 손을 써보지요."

"우와, 그럼 저 쟤들하고 같이 요리 먹어도 돼요?"

"같이 오셨으니 같이 먹어야죠. 다만 무리는 하지 말기 바랍니다."

"고마워요. 셰프님. 셰프님은 나의 구세주!"

홍설아, 그 푸짐한 살집으로 민규를 안아버렸다. 잠시 숨이 막혔지만 기분을 생각해 그냥 두었다.

"흐음, 기왕 안으려면 우태희나 배여리가 와서 안아줄 것이지."

내실 그릇을 들고 나오던 종규가 한마디를 보탰다.

"손님 놓고 무슨 엉뚱한 생각이야?"

"말이 그렇다는 거지 뭐. 그나저나 형, 저분들하고 사진 좀 찍어라. 내가 광고효과 좀 내게."

"광고?"

"그거 몰라? 유명한 사람들이 단골이라고 홍보하면 손님이 더 많아지잖아?"

"아서라. 그러다 손님 쏠리면 우리 잠도 못 잔다. 어차피 더 받을 테이블도 없고."

"에헷, 그런가?"

"엉뚱한 데 에너지 쏟을 생각 마. 유명세에 기대는 것도 좋지만 결국은 맛이야. 맛없는 집 음식은 거지도 거들떠보지 않거든. 요리 배우려면 새겨둬라."

"알겠습니다. 셰프!"

종규가 허리를 조아렸다.

손 피디 쪽의 궁중요리는 승기아탕으로 정했다. 맛과 영양을 함께 보강하는 것이니 정기와 보혈에 좋았다. 미나리초대와 달걀지단, 숭어전 등으로 모양을 내니 구중궁궐의 분위기가 제대로 났다. 오 기자의 탕에는 특별히 증기수를 보강했다. 그의 발모를 위한 선물이었다.

"셰프님."

승기아탕을 세팅하자 오 기자가 먼저 모자를 벗고 '속알머리'를 보여주었다. 보이지 않았다. 텅 빈 허전함으로 오 기자의 자신감을 갉아먹던 탈모. 자세히 보면 주변머리와 약간의 차이가 있지만 마침내 극복된 탈모였다.

"저 요즘 모자 잘 안 쓰고 삽니다."

목소리에 힘이 들어갔다. 축하라도 하듯 새소리가 따라붙었다.

"축하합니다."

민규 목소리가 그 뒤를 이었다.

"제가 카톡에 사진 올렸더니 지인들이 비법 내놓으라고 난리들인데 데려와도 될까요? 그 사람들 말이 효과만 확실하다면 한 끼에 몇 백만 원씩도 내겠다고 합니다."

"몇 백은 필요 없고요, 예약하고 오시면 효과 볼 수 있도록 최선을 다하겠습니다."

"약속하신 겁니다."

"예."

민규의 답이 나오자 오 기자는 그 자리에서 지인들에게 전화를 걸었다. 목소리는 점점 더 커진다. 탈모의 스트레스. 당해보지 않은 사람은 모르는 것이다.

"미국 다녀오셨다고요?"

그제야 손 피디 차례가 되었다.

"예. 며칠……."

"어떤 스케줄이었는지 여쭤도 될까요?"

"OS푸드라고 식물성 재료로 신개념의 식재료를 만드는 곳인데 새우 없는 새우 제품의 비공개 시식회를 돕느라고요."

"그 사람들 행운이군요. 지구에서 가장 소문 안 난, 그러나 지구에서 가장 막강한 저력의 셰프를 찾아내다니."

"무슨 과찬을……."

"과찬이라뇨? 사실이 그런걸요."

"아무튼 나쁘지는 않았습니다. 결과도 그랬고 미식계에서 유명하신 분들도 많이 만나고 뉴욕의 요리를 보면서 새로운 눈도 뜨고……."

"돌아오자마자 미슐랭 별 사칭 미식 브로커도 잡으시고요?"

"어, 그것도 아세요?"

"왜 이러십니까? 우리가 뭐 모양으로 방송국 다닙니까? 제가 이 셰프님 사건은 다 모니터링하고 있다고요."

"으음… 조심해야겠군요."

"그런데 혹시 이런 거 한번 해보실 생각 없으세요?"

"어떤?"

"한중일 궁중요리 삼색대결 말입니다. 저희가 다음 특집으로 골똘하다가 유티비 요리편을 뒤져보았는데 영감이 오더라고요. 요즘 먹방 프로그램도 거기서 거기라서 식상하지 않습니까? 분위기 전환하려면 셰프님 같은 사람들이 좀 깨줘야 할 것도 같고요."

"제가 무슨……."

"아니면 약선사찰요리 숨은 고수편도 좋지요. 장광 거사, 해인 스님, 종가집 종부 유혜정 씨 등 전국 최고의 약선, 사찰요리, 전통요리 고수들과 한판… 그렇게 하면 이 셰프님이 바라던 약선요리와 궁중요리, 전통요리의 인지도도 높아지고 저는 한 건 건져서 좋고……."

"그런 분들이 저랑 배틀을 하시겠습니까?"

"솔직히 보여주는 요리 같은 건 원치 않는다고 튕기시더군요. 하지만 방송의 파워라는 게 있지 않습니까? 수락만 하시면 제가 삼고초려를 해서라도 매치시켜 보겠습니다."

손 피디의 의욕은 활화산처럼 보였다. 원래도 말이 앞서는 것만은 아닌 사람. 애간장 태우지 않고 콜을 받아주었다.

장광 거사.

해인 스님.

연자 스님.

큰 별들이다. 그들은 자연의 맛에 충실하다. 동시에 먹는 사람의 번뇌를 씻어준다는 궁극. 우쭐한 명예욕 때문이 아니라 그 요리가 궁금했다. 요리사의 호기심인 것이다.

"제 영업에 큰 지장이 없다면 협력하겠습니다."

"하핫, 약속하신 겁니다."

"네. 그럼 식사하십시오."

인사를 하고 물러났다. 민규 등 뒤로 승기아탕에 대한 감탄사가 쏟아지기 시작했다. 한국 최고의 보양식이라고 해도 과언이 아닐 승기아탕. 초자연수의 과정을 거친 명작이었으니 이 순간 저들은 하나하나가 고려의 왕이고 조선의 왕이었다.

'한중일 삼색대결?'

가만 생각하니 살짝 걱정도 되었다. 괜한 답을 한 걸까? 하지만 이내 털어버렸다. 요리의 본질은 누굴 이기고 지는 게 아니었다. 그렇다면, 또 한 번의 행복한 경험이 되는 것. 자리를 펴주면 즐기면 될 일이었다.

홍설아 팀의 요리는 궁중태면과 양고기설야멱이 출발이었다. 태면은 콩과 메밀의 앙상블이다. 재료는 재희가 준비해 놓았다.

─날콩가루, 메밀가루, 대파, 고기장국, 청장.

날콩가루는 젖은 보로 정성껏 문질러 잡티를 닦아내고 살짝 볶은 후에 껍질을 벗겼다. 그걸 갈아 가루로 만든 후에 고운체에 두 번 내리면 최고의 콩가루를 얻을 수 있었다.

레시피는 간단했다.

1) 노란 콩을 갈아 가루를 낸다.
2) 메밀가루와 콩가루를 합해 물을 붓고 반죽을 한다.

3) 반죽으로 면을 썰어낸다.

4) 물에 삶아낸 후에 찬물에 헹군다.

5) 간장 끓인 국물을 붓고 고명을 얹어 먹는다.

어쩌면 평범하기조차 한 레시피. 하지만 그 맛은 결코 평범하지 않았다. 콩의 고소함과 메밀의 푸근함을 살리면 입안에 오랜 그리움을 남기기 때문이었다.

더구나 민규의 간장은 250년 초절정 씨간장. 방제수와 열탕을 소환한 물로 끓여냈으니 그 맛이 가히 일품이었다.

마무리는 오미자 붉은 물을 들인 무채와 짠맛을 씻어낸 짠지채, 오이채에 더불어 두 가지 색깔의 계란 고명을 올리고 노란 들꽃을 올렸다.

궁중설야멱.

궁중태면.

약선달과.

약선우무정과.

궁중밀동과.

약선앵두정과.

연예인들의 테이블에 올라간 요리 구성이었다. 설야멱은 쇠고기가 아니라 양고기로 마련했다. 양고기가 잘 받는 삼초형 체질이 많은 까닭이었다.

달과는 밀과 찹쌀에 꿀을 넣어 만들어낸 일종의 다식이었다. 다진 잣을 뽀얀 눈이 오는 것처럼 뿌려내 식감을 살렸다.

우무정과는 우뭇가사리로 만든 다이어트 식품. 오미자와 녹차 물을 들인 두 가지와 무색을 그대로 살린 세 가지 색으로 구성으로 했다. 후춧가루를 살짝 가미한 탓에 음식 섭취 중간에 잔맛을 씻어내거나 입가심용으로도 그만이었다.

밀동과는 동아를 얇게 저며 꿀에 잰 것으로 동아의 아삭함을 그대로 살려 여자들의 기호에 맞췄다. 마무리 타자는 색깔 고운 앵두정과. 선홍의 정과는 디저트로도 손색이 없었다.

대추나무잎과 빼빼목가루.

스페셜 서비스였다. 곱게 갈아내 고명 사이에 뿌렸다. 둘 다 살을 빼는 약재였으니 포만감 있게 먹어도 살찔 걱정은 없을 일이었다.

다만 두 사람, 홍설아와 우태희의 구성은 조금 달랐다. 홍설아의 태면에는 피부와 살결을 곱게 하는 추로수를 넣지 않았다. 피부 미용에 좋은 물이지만 허기를 모르게 하는 까닭이었다. 그녀는 오늘 밤 먹방 퀸의 결전(?)을 앞두고 있었다.

또 한 사람은 우태희. 그녀에게는 특별히 천리수를 추가했다. 그녀의 복부 안 깊은 곳에 자리한 혼탁 때문이었다. 혼탁은 작지만 강렬했다. 자궁 아니면 난소 쪽으로 보였다. 처음부터 알았지만 전해주기 어려운 부위라 관망 중이었다.

플레이팅은 화려하게 연출했다. 꽃을 오려 만든 조각 작품을 낸 것이다. 요리와 분위기를 맞춘 조각은 여심을 한껏 부

풀려 버렸다.

거기에 종규가 방점을 찍었다. 몇 마리 나비를 불러 꽃 조각에 앉혀놓은 것. 요리를 세팅하자 나비가 날아올랐다. 쪼르르 째르르 낭랑한 새소리도 들렸다. 여심은 단박에 무장해제가 되어버렸다.

그런데 설야멱에서 딴죽이 걸렸다. 민규는 그녀들을 위해 즉석에서 설야멱을 구워주었다. 얼음을 곱게 갈아내 그 속에 넣었다 빼기를 세 번씩. 맛과 분위기를 동시에 살려주려는 수고였다. 그때까지 침묵하던 우태희가 입을 열었다.

요리 드라마와 영화로 한식 대사 활동까지 거머쥔 요리의 요정. 방송 녹화 때 스쳐 가듯 본 후로는 처음이었다. 어쨌든 그녀의 포문은 그리 친절하지 않았다.

"지금 그 요리가 설야멱이죠?"

"그렇습니다만."

민규가 답했다. 그렇잖아도 혼탁 때문에 마음에 걸리던 우태희. 질문의 뉘앙스도 살짝 혼탁한 편이었다.

"죄송하지만 여기 요리가 전통 방식을 수호하는 게 맞나요?"

"일부 창의성을 더하지만 대개는 그렇습니다."

"제가 최근 끝난 사극 요리 드라마에서 궁중요리사 역을 했거든요. 게다가 그 이전에는 제조상궁을 조명한 역사 영화에서 주인공 역할을 했고요."

우태희 목소리에 자꾸 힘이 들어갔다.

"그때 궁중요리의 원조이자 최고 권위자 박세가 선생님에게 직접 자문과 지도를 받았는데 그것과 다른 거 같아서요."

박세가.

80대 초반의 고령이지만 궁중요리 최고 권위자의 한 사람이다.

궁중요리의 원조.

그를 따라다니는 수식어다.

대통령문화자문위 위원이며 진미황실요리라는 궁중요리 전문점을 운영한다. 손님도 그 자신이 골라서 받는다. 변재순과 함께 대한민국 궁중요리전수자 2인 중의 하나이기 때문이었다.

근래 들어 궁중요리가 부각되면서 방송 자문 활동이 잦은 사람. 하지만 그에게 요리를 전수해 준 아버지가 대령숙수였다는 사실에 논란이 있는 데다 친일 시비까지 있어 민규는 존경하지 않았다.

"찬물에 넣었다가 꺼내는 방법 말씀이군요?"

"맞아요. 증보산림경제라는 고서였어요. 소고기는 등심살, 2치 너비에 7치 길이, 손바닥 두께로 썰어서 칼등으로 두드려 꼬치에 끼워 기름과 소금, 장을 흠씬 묻혀두었다가 숯불에 굽지요. 불이 너무 세면 고기가 탈 수 있으니 재를 조금 덮어 화력을 조절해야 하고요. 기름과 들깨를 발라 마무리로 구워내면 고기가 더욱 부드럽고 풍미도 최고가 되더군요. 내가 그분의 요리점 주방에서 100번도 넘게 구현해 봤거든요."

"오!"

우태희의 해박한 설명에 일행들 입이 쩍 벌어졌다. 그녀의 주장은 틀림이 없었다.

"제대로 아시는군요. 그런 방법이 있습니다."

민규가 겸허히 받았다. 그런 다음 말꼬리를 이어놓았다.

"그럼 혹시 설야멱의 기원에 대해서도 아십니까?"

"고려 말에 몽골족에게서 전파되었다고 들었어요."

"정말 잘 아시는군요. 하지만 설야멱은 몽골족에게서 온 게 아니라 우리나라 전래의 요리법입니다."

"우리나라 전래 요리법이라고요?"

우태희가 고개를 들었다.

"설야멱의 기원을 찾아가면 멀리 상고시대의 부여계 맥족에게 닿습니다. 맥(貊)이란 말은 고구려를 지칭하는 말이고 적은 불 위에 고기를 올려놓은 모양이니 맥적(貊炙)은 고구려 사람이 먹던 불고기[炙]를 가리키는 것이죠. 이 전통은 쭉 이어지다가 통일신라시대에서 그쳤습니다. 불교의 영향으로 육식을 금하는 바람에 고기를 구워 먹는 풍속도 함께 끊겨 버린 거죠. 이후 고려 말에 몽골족이 들어오면서 다시 전파가 시작된 것은 그런 이유입니다. 하지만 완전히 끊긴 건 아니었죠. 고려 말의 대령숙수들 중에는 고려를 침입한 몽골족 요리사들에게 설야멱 요리를 지도한 사람도 있었습니다. 그게 바로 이 방식입니다."

"……!"

"또한 설야멱은 맥적에서 설야멱적, 설하멱, 설야적, 설리적 등으로 불리다가 조선시대에 이러서는 너비아니구이로 발전했고 현대에는 숯불구이, 불고기 등으로 자리를 잡았지요. 조선요리제법에서는 쟁인고기로 부르기도 합니다."

"그게 확실한 건가요? 대령숙수가 몽골족의 요리사에게 설야멱 지도를 했다는 거? 박세가 선생님은 그런 말씀이 없던데요?"

"확실합니다."

민규의 답은 간결하고 확신에 차 있었다. 그의 전생 권필, 그 권필의 스승이 바로 그 사람이기 때문이었다.

권필.

민규의 두 번째 전생. 그는 본래 상인 집안의 사람이었다. 어린 시절부터 칼을 좋아했다. 바닷가의 외가에서 자란 그는 어류에 관심이 많았다. 일곱 살이 되기 전에 구운 생선의 해체 없이 가시를 바르게 되었다. 고기가 식기 전에 살을 톡톡 건드리다가 중심 뼈를 당기면 전체 뼈가 고스란히 나왔다. 처음에는 꽁치와 조기였지만 나중에는 민어와 도미 등도 가능하게 되었다.

그 즈음 왕실에서 쫓겨난 숙수를 만나게 되었다. 전란 중에 얼굴에 화상을 입은 게 화근이었다. 권필의 아버지가 그를 거두었다. 덕분에 그에게 요리를 배웠다.

숙수는 고려 왕실 요리사들 중에서도 발골의 1인자였다. 그는 관절 끊는 신기를 권필에게 전해주었다.

'우레타공.'

숙수의 칼법이었다. 시작과 끝 관절을 칼등으로 치면 끝이었다. 단 한 방에 관절이 흩어졌다. 뼈는 관절의 포인트에 칼집을 넣어 꺼냈다. 그걸 한 단계 더 발전시킨 게 권필이었다. 권필의 타법은 스승의 그것이었으되 조직과 근육을 풀어 뼈를 뽑아내는 법을 접목시켰다. 뼈를 꺼낸 흔적조차 지워 버린 것.

그러나 숙수에게 배운 게 신기의 발골법만은 아니었다. 숙수는 스스로 기록한 요리 비기를 가지고 있었다. 거기 맥적에 관한 기록이 있었다. 권필은 두 번 하는 것을 보고 바로 배웠다. 칼질이 신묘해 고기 맛이 스승보다 나았다.

숙수는 두 해를 앓다 죽었다.

그해에 아버지가 몽골군의 눈 밖에 나서 재산이 몰수될 위기에 처했다. 강화도의 왕실에 물자를 보낸 게 탄로가 난 것이다. 그때 집안을 구한 게 권필이었다. 몽골군의 최고 지휘관에게 뼈 없는 생선구이를 바쳐 마음을 사로잡은 것. 그 신기에 놀란 지휘관이 재현을 요구하는 바람에 엄동설한에 50여 마리의 생선 뼈를 발골한 권필이었다.

"그것 말고 또 뭘 할 줄 아느냐?"

지휘관이 물었다. 당시 그는 설야멱을 먹고 있었다. 그러나 그들의 요리법은 거칠었다. 권필이 나서 그들의 요리사에게 시범을 보여주었다. 지휘관은 또 한 번 뒤집어져 버렸다.

"그걸 우리 요리사에게도 전수해 주거라. 그럼 네 아비의 죄를 사해주겠다."

지휘관의 명령이 떨어졌다.

몽골족들은 추위에 강했다. 그렇기에 눈 오는 밤 야외에서도 그런 연회를 즐겼다. 영하 20~30도를 넘나드는 날, 찬물은 곧 얼어버렸다. 그러다 보니 타이밍 조절이 쉽지 않을 게 다반사. 당연히 맛이 거칠었으니 권필의 요리법에 반할 수밖에 없었다.

눈은 물과 달랐다. 당시는 겨울이라 지천으로 널린 게 눈이었다. 아무 눈이나 퍼다 쓰면 그만이었다. 물보다 시각적으로도 좋았다. 권필은 당시에 이미 퍼포먼스의 참뜻을 알고 있었다. 더구나 눈은 물보다 더 육질 연화에 좋았다. 구웠다 얼렸다의 반복, 고기의 조직은 무너지고 육질은 한없이 부드러워질 수밖에 없었다.

이때부터 권필의 명성은 몽골족은 물론 강화도로 옮겨 간 고려 왕실에까지 알려졌다. 몽골족이 떠난 후에 환도한 고려 왕실은 권필을 궁궐로 불러들였다. 이미 우레타법의 대가가 된 권필. 약선을 고르는 재주에 요리 실력까지 출중했으니 왕의 전속 숙수가 되었다.

권필의 일화를 들은 왕도 설야멱을 즐겼다. 오랜 근심으로 치아가 상한 왕이었지만 권필의 설야멱만은 죽을 씹듯 먹을 수 있었다.

권필의 기억을 공유하는 민규였으니 대답에 확신이 찰 수밖에 없는 일이었다.

"하지만!"

눈빛이 따가워진 우태희, 주의를 환기시키며 말을 이어나갔다.

"대령숙수는 고려가 아니라 조선시대에 생긴 직업으로 알고 있거든요."

"직업은 필요에 따라 생기지만 왕실의 숙수는 오래전부터 있었습니다. 다만 고려 때에는 사가(史家)들에게 숙수에 대한 관심이 높지 않아 역사서에 언급되지 않았을 뿐입니다. 역사서에 없다고 해서 그 직업이 없었던 것은 아니지요."

"……?"

"이론적으로도 눈 속에 고기를 묻는 것이 더 맛난 결과를 얻게 됩니다. 당시의 소들은 지금처럼 육우가 아니라 농경이 목적이었죠. 따라서 큰 연회나 뇌화 등이 아니면 잡지 않았으니 육질이 질긴 것은 필연입니다. 겨울이 아니면 찬물이 좋지만 겨울에는 눈이 더 좋습니다. 이 이론은 현대의 일부 요리사들이 차용해서 액화 질소로 눈의 효과를 내기도 하지요.

하지만 액화 질소는 너무 인위적인 것이라 저는 얼음을 곱게 갈아 사용합니다. 어쩌면 김홍도나 신윤복의 민속화에 나오는 한 장면 같지 않습니까? 낭만적이고 맛도 더 좋고… 겨울에 오시면 진짜 눈으로 구워 보이겠습니다."

"……!"

"말 난 김에 또 다른 요리법, 즉 밀가루에 곱게 양념장을 해서 그것을 발라가며 굽는 방법도 있습니다. 이 방법은 일본의 데리야끼에도 영향을 미쳐 일본 미식 발전에도 기여를 한 것으로 압니다."

"……."

"음식을 두고 서론이 길었습니다. 두말하면 잔소리니 한번 드셔보시죠."

민규가 설야멱을 접시에 올리기 시작했다. 우태희는 더 이상 말을 잇지 못했다. 민규의 달변과 해박함에 압도된 것이다. 어설픈 이론 하나로 난 척하던 우태희. 하지만 민규는 그녀가 고마웠다. 오히려 민규가 부각될 기회를 준 셈이었다.

"언니!"

홍설아가 우태희에게 고기를 권했다. 심드렁하게 고기를 물던 우태희. 폭발적인 풍미에 화들짝 놀라고 말았다.

'맙소사!'

그녀의 척추 마디에 전율이 일었다. 요리 지도를 해주던 박세가가 시범을 보인 설야멱. 그걸 먹고 뻑 갔던 그녀였다. 하지만 민규의 요리에 비하니 그건 정말 맛도 아니었다. 대체 불가, 비교 불가의 맛이 입안을 메워 버린 것이다.

"맛있지?"

설야멱을 가득 문 홍설아가 물었다. 우태희는 자신도 모르게 고개를 끄덕거렸다. 맛에 취해 딴죽을 걸었던 기분까지 망각하는 순간이었다. 더 놀라운 건 그녀의 손이었다. 젓가락이 미친 듯이 빨라지고 있었다. 우아와 예쁜 척의 상징이기도 한 우태희. 그녀의 체면 따위는 안드로메다로 날아가고 없었다.

"언니! 우리도 좀 먹자."

그녀의 폭주를 막은 건 일행의 젓가락이었다. 모든 사람이 합세하며 설야멱을 사수하고 있었다.

"어머."

그제야 겨우 제동이 걸리는 우태희.

"아유, 아까는 진짜 정통궁중요리 많이 먹어봐서 별 기대 없다고 하더니……."

홍설아의 면박이 날아갔다.

"아까는 아까고……."

우태희의 젓가락은 홍설아의 빈틈을 파고들어 또 한 점을 집어 들고 말았다.

맛있어.

그녀의 오감에 맴도는 건 한 단어뿐이었다.

"와아, 설아 언니 진짜 나쁘다."

겨우 한 점을 확보한 방유니의 볼멘소리가 나왔다. 이 자리에서는 그녀가 막내뻘이었다.

"내가 뭘?"

홍설아도 넋이 반쯤 풀린 채 반격했다.

"이렇게 좋은 데를 혼자만 알고 있었단 말이야?"

"유니야, 우리 셰프님 개업한 지 얼마 안 됐거든? 게다가 예약이 엄청나게 밀린 거 겨우 예약 뚫고 왔는데 웬 태클?"

"아무튼 미워. 진작 좀 데려오지. 나 몸에 난 닭살 좀 봐. 이거 궁극의 맛을 볼 때만 돋아나는 내 외부 미각세포거든?"

방유니가 팔을 걷어 보였다.

"어우, 그 팔 안 치워? 어디서 뽀샤시 피부 자랑질이야? 자랑질이?"

피부가 까뭇한 배여리가 핏대를 올렸다.

"걱정 마시고 즐겁게 드십시오. 피부를 곱게 하는 처방도 함께 했으니 차린 요리를 다 드시고 나면 피부도 좋아질 겁니다."

"정말요?"

배여리의 귀가 솔깃해졌다.,

민규의 말을 들은 연예인들, 경쟁하듯 다른 요리를 탐하기 시작했다. 먹어도 찌지 않고 피부까지 좋아지는 음식. 바로 여자들이 꿈꾸는 유토피아였다.

폭풍흡입의 연예인들. 보기가 좋았다. 방송에서만 보던 연출된 모습이 아니라 자연스러운 모습들이다. 거기에 민규 요리에 옴팡 빠지고 있으니 어찌 안 예쁠 수 있을까?

민규 눈에는 보였다. 연예인들의 몸으로 들어간 추로수가 오장에 흡수되며 서서히 위력을 발하는 모습. 마치 어둠이 걷히듯 피부가 조금씩 윤택해지고 있는 것이다.

하지만!

단 한 사람… 우태희의 혼탁은 변하지 않았다. 그녀의 물잔을 두 번째 채워주었다. 이번에도 천리수였다. 그걸 다 마셔도 똑같았다. 문제가 있는 게 확실했다.

"셰프, 천국의 요리를 먹은 거 같긴 한데 살이 걱정이에요. 자고 나면 한 2킬로그램 찌는 거 아닌가?"

방유니가 걱정 어린 질문을 던져왔다.

"살 안 찌는 재료까지 고려했으니 걱정 안 하셔도 됩니다."

"그 비법 저도 좀 알려주세요. 대체 뭘 먹어야 살이 안 쩌요?"

"저희 가게 오셔서 드시면 안 찌게 해드립니다."

민규, 가장 단순한 돌직구를 날려 버렸다.

살!

살 빠지는 음식.

흰콩으로 만드는 초두와 다시마, 잣과 율무 등이 단골로 꼽힌다. 하지만 이론에 불과하다. 그걸로 살을 빼려면 많은 인내와 시간의 투자, 습관의 변화가 필요했다. 그 한 예가 잣이다.

잣은 기름기가 많음에도 불구하고 살 빼는 식품에 꼽힌다.

먹는 것도 간단하다. 딱히 요리를 하지 않아도 되니 그저 심심풀이로 집어 먹으면 되는 끝이다. 혹 격식을 갖추고 싶다면 녹두, 콩, 팥, 율무, 땅콩으로 죽을 쑨 후에 잣을 올려서 먹으면 모양도 나고 맛도 좋다.

하지만 사람은 장기전에 약하다. 며칠 하다 보면 원래의 식생활로 유턴하고 만다. 그렇기에 대개는 성공하지 못하고 공염불만 외우게 되는 것이다.

"와아, 정답이에요."

홍설아가 강력한 공감을 표했다. 민규의 요리를 먹는 것. 그것만큼 확실한 비법은 없었다.

"예?"

식사가 끝나고 돌아갈 시간, 민규가 홍설아를 불러 슬쩍 언질을 주었다. 홍설아가 기겁을 했다.

"태희 언니 몸에 문제가 있는 것 같다고요?"

"쉬잇!"

"셰프… 태희 언니 여리여리해 보여도 강골이에요. 저랑 정글생존탐험도 찍은걸요. 그거 절반은 연출이었지만 나머지 절반은 거의 리얼이었다고요."

"그래도 체크를 해보셨으면 합니다. 자궁 아니면 난소……."

"셰프……."

"제가 말씀드릴까 했는데 병소 부위도 조금 그렇고, 게다가 아까 날을 세우는 바람에 괜한 뒤통수로 들으실까 봐."

"알겠습니다."

"아까 말한 건은 이 물을 가져가세요. 촬영 중에도 물은 마실 수 있죠?"

"네. 평소에 먹는 동네 약수라고 하면 돼요. 사이다나 콜라가 아닌 이상 허용이 되거든요. 다른 출연자들도 그럴 때가 있고요."

"촬영 전에 한 컵 마시고 나머지는 중간중간 마시세요. 그럼 우승이 가능할 겁니다."

민규가 내민 생수병은 두 개. 식욕을 살리는 요수와 쫙쫙 내려 보내는 급류수의 조합. 남이 보기엔 그저 생수지만 분쇄기가 되고 배출기가 될 일이었다.

"고맙습니다. 셰프. 시간 나면 저 응원해 주세요."

홍설아는 멀어지는 밴 안에서 오래오래 손을 흔들어댔다. 한 손에는 민규가 안겨준 생수 두 병을 보석처럼 끌어안은 채. 민규는 그녀에게서 눈을 떼지 않았다. 그녀는 아직 민규의 테이블에 있는 것과 같았다. 후식으로 나간 초자연수 디저트(?)를 끝내지 않은 것이다.

이날 밤.
재희가 돌아간 후에 황 할머니의 야생나물을 정리했다. 우슬국을 끓이고 점나도나물을 무쳤다. 우슬국은 담담하니 좋왔고 점나도나물은 솜털이 푸근하니 진솔한 맛이었다. 우슬은 한때 각광받던 쇠무릎풀, 그것이었다. 할머니와 전생이 아니었으면 나물로 먹을 줄 생각지도 못했을 민규였다.

얼마 후에 알람이 울었다. 손을 닦고 텔레비전 앞에 앉았다. 홍설아 때문이었다. 셰프로서의 책임감이기도 했다.

[그럼 언리미티드 퀸의 결승전을 시작하겠습니다. 먹계 여신들 입장합니다.]

방송이 시작되었다. 엠씨가 입구를 가리키자 마치 격투기 선수들이 입장하듯 출연자들이 들어왔다. 꾸밈새도 격투기 콘셉트였다. 요리가 잔뜩 그려진 가운을 걸치고 들어와 각자의 테이블에 앉은 것이다.

아이돌 가수 대표 송래은.
개그우먼 대표 홍설아.
뮤지컬 가수 대표 차정화.
일반인 대표 마설희.
씨름 선수 김성자.
국가 대표 유도 선수 이순미.

여섯 출연자들 중 두 사람이 부각되었다. 아이돌 가수 대표 송래은과 일반인 마설희였다. 둘은 호리호리한 몸매를 가지고 있었다. 하지만 송래은은 미주 햄버거 빨리 먹기 대회의 결선까지 진출한 실력파(?)였고 마설희 역시 양푼 짜장면 편에서 무려 다섯 그릇이나 먹어치운 기록의 소유자였다.

거기에 두 운동선수는 앉은 자리에서 불고기 15인분을 해치우는 사람들. 나름 먹보로 소문난 뮤지컬 가수까지 포진하니 푸짐한 홍설아가 초라해 보일 정도였다.

[긴 대장정 끝에 마침내 언리미티드 퀸의 결승 순간이 도래했습니다.]

진행자의 멘트가 나오자 보조 진행자 열두 명이 환호를 했다. 그 반대편 쪽에는 방청객들이 자리를 메웠다. 이 프로그램은 방청객들도 한 표의 행사가 가능했다.

언리미티드 퀸의 심사 방식은 두 가지였다. 첫째는 많이 먹어야 한다. 둘째는 맛있게 먹어야 한다. 그렇기에 한두 개 차이쯤은 두 번째 옵션에서 순위가 뒤바뀔 수 있었다. 최종으로 많이 먹은 두 사람을 놓고 누가 진짜 퀸인가를 가리는 까닭이었다.

두 번째 옵션에서는 홍설아가 밀리지 않았다. 그녀의 먹는 모습은 자타의 공인을 받고 있었다.

"참 복스럽게 먹네."

이구동성으로 나오는 평이었다.

하지만 문제는 양이었다. 최종 2인에 살아남지 않으면 맛있게 먹는 식복(食福) 항목도 필요가 없는 것이다.

[그럼 오늘의 아이템을 공개합니다. 공개하실 분은 우리나

라 최고의 호텔, 실라의 상무이사님이자 총괄주방장으로 한
식 파트를 책임지고 계신 하성길 셰프가 되시겠습니다.]

멘트와 함께 중년의 셰프가 등장했다. 요리 모자가 40cm는
될 위엄이었다. 그는 작은 카트를 앞에 두고 있었다. 저 안에
오늘 먹어치워야 할 요리가 들어 있는 것이다.

뭘까?

민규도 함께 궁금해졌다. 이 프로그램을 꼼꼼히 챙겨보지
는 않았다. 하지만 듬성듬성이라도 보기는 했다. 때로는 햄버
거가 나오고 또 때로는 궁중순대가 나왔었다. 비 오는 날에는
장떡도 있었고 피자가 나온 적도 있었다.

[자, 저 안에 뭐가 들었을까요?]

진행자는 직행하지 않았다. 보조 진행자들에게 밥값의 기
회를 주었다.

[내가 어젯밤에 예지몽을 꾸었는데 저 안에 든 건 통김밥
입니다.]

[통김밥은 너무 자주 나왔어요. 오늘은 결승전이니까 시루
떡?]

[내가 볼 때는 딱 떡갈비네, 떡갈비. 그동안 몬도가네 식품
같은 것도 먹느라고 고생 많이 했잖아!]

[다들 왜 이래요? 이 프로그램 하루 이틀 하십니까? 우리
셰프님이 총괄주방장이라잖아요? 실라호텔이면 정재계 인사
에, 청와대에서도 자주 가는 곳이니 삼계탕이지요. 삼계탕.]

[청와대 하니까 생각나는데 냉면 아닐까요? 평양냉면?]

여러 주장이 경쟁적으로 나왔다.

[좋습니다. 그럼 방청객으로 가봅니다. 두 분만 의견 들어 볼까요? 오늘의 당첨 요리는 뭐라고 보십니까?]

진행자가 두 명을 지명했다.

[저는 비빔밥인 거 같습니다.]

[삼계탕에 한 표 던집니다.]

방청석의 의견까지 끝이 났다.

[좋습니다. 지금까지 나온 의견 중에 정답이 있습니다. 셰 프님, 공개를 부탁합니다.]

진행자가 셰프에게 말했다. 셰프의 손이 뚜껑을 잡자 화면 이 따라갔다. 뚜껑이 열렸다.

[에?]

보조 진행자들이 실망을 토해냈다. 뚜껑 안에 또 뚜껑이 있 었다. 긴장을 고조시키는 배경음과 함께 또 뚜껑이 열렸다. 하 지만 그 안에도 또 뚜껑이 있었다.

[에이, 지금이 어느 시대인데 그런 트릭을 씁니까? 그거 한 번만 더 써먹으면 시청률 바닥 칩니다.]

원로급(?) 개그맨이 날 선 평을 쏟아냈다.

[알겠습니다. 그렇다면 한국인은 삼세판, 이번에는 과연 요 리가 나올까요? 열어주세요!]

멘트에 이어 뚜껑이 제거되었다.

[······!]

보조 진행자들이 발딱 일어섰다. 푸근한 김을 모락거리는 요리의 정체는 삼계탕이었다. 요리가 공개되자 셰프 뒤의 장막이 제거되었다. 그러자 무지막지한 삼계탕 요리 향연이 펼쳐졌다. 얼핏 봐도 100그릇이 넘을 삼계탕 뚝배기의 위엄이었다.

[자, 그럼 언리미티드 퀸 결승전을 시작합니다. 삼계탕 세팅해 주세요.]

진행자의 말이 떨어지기 무섭게 삼계탕이 세팅되었다.

[진행은 단순합니다. 주어진 시간은 20분입니다. 더 이상 먹을 수 없다고 판단되면 자리에서 일어나 뒤에 준비된 의자에 앉으면 됩니다. 참고로 국물과 대추는 안 먹어도 상관없지만 닭과 인삼은 다 먹어야 합니다. 닭뼈에 살이 지나치게 많이 붙어 있으면 그 또한 실격입니다. 언리미티드 퀸, 후보님들, 준비되셨습니까?]

[네!]

여섯 후보가 합창을 하자 바로 결전이 시작되었다.

초반은 아이돌 가수 송래은의 독무대였다. 날씬한 몸매와는 달리 그녀의 먹성은 가히 식신급이었다. 어느새 세 그릇을 뚝딱 해치운 것이다.

쪽쪽쪽!

닭 한 마리를 몇 번 빨면 끝이었다. 발라놓은 닭뼈 또한 기막히게 깨끗했다. 그 뒤를 유도선수가 이었다. 그녀는 닭 체질이었다. 무제한급 선수로 원래도 용량이 큰 데다 체질까지 맞으니 일사천리… 홍설아 역시 분전하지만 5등 자리에 있었다.

다섯 마리가 넘어가자 속도가 줄기 시작했다. 특히 인삼에서 제어가 걸렸다. 인삼은 보기보다 빽빽한 식품이다. 물 마시는 횟수가 늘어났다.

일곱 마리. 거기서 두 명이 뒤의 의자로 물러났다. 아무리 작은 닭이라지만 일곱 마리가 적은 건 아니었다. 열 마리에서 또 한 사람이 기권을 했다. 선두 김성자가 열두 마리까지 달렸을 때 남은 건 세 사람이었다. 송래은과 김성자, 그리고 홍설아.

남은 시간은 5분. 하지만 홍설아는 열 마리에서 머무르고 있었다. 열한 마리째를 집자 위가 거부감을 보내왔다. 위의 출입구인 유문 쪽에 닭이 첩첩이 쌓인 느낌이었다. 홍설아의 시선이 민규의 물로 향했다. 아끼느라 절반 가까이 남은 물. 그러나 마감 시간은 다가오고 목이 빡빡하니 더는 아낄 수도 없었다. 생수를 다 넘겨 버렸다.

어떻게 될까?

신호가 오지 않았다. 닭 열 마리에는 민규의 처방도 소용이 없는 걸까? 홍설아의 고개가 힘없이 기울었다. 그때였다.

꾸르륵!

몸속에서 반가운 반응이 왔다. 위의 출입구가 시원하게 열리는 것이다. 남은 시간은 3분여였다. 다시 닭을 잡았다. 그 손에 힘이 들어갔다. 다리 두 개를 쪽쪽 흡입해 버렸다.

[홍설아, 홍설아!]

속도가 붙자 응원도 커졌다. 홍설아를 지지하는 세 보조 진행자들이 힘을 실어주었다.

'후웁.'

심호흡을 한 홍설아, 셰프들을 향해 소리쳤다.

[여기 네 마리 한꺼번에 주세요.]

[예?]

[시간 없어요. 빨리요.]

홍설아가 재촉했다. 이미 승부는 기운 상황. 게다가 먹는 속도를 감안해도 홍설아는 무리였다. 개그우먼답게 제스처라고 판단하고 요구를 맞춰주었다.

[아, 홍설아 선수가 마지막 승부수를 띄우는 모양인데 괜한 오버가 아닌가 모르겠습니다.]

진행자의 멘트에도 기대감은 들어 있지 않았다. 하지만, 그 선입견은 홍설아의 폭풍흡입 앞에 무너지고 말았다. 3분여를 남기고 폭주한 홍설아의 먹성은 먹방의 전설로 남기에 충분했다. 한 마리 흡입에 1분도 걸리지 않은 것이다.

1분이 남았을 때 홍설아는 마침내 2등을 달리던 송래은을 제쳤다. 그리고 15초를 남기고는 씨름 선수 김성자마저 넘어버렸다. 마침내 타임 오버가 되었을 때 홍설아는 김성자보다

반마리를 앞서 있었다. 무려 15마리를 꿀꺽해 버린 홍설아였다.

꾸륵!

트림 소리는 마치 저수지가 출렁이는 느낌이었다.

[홍설아, 홍설아!]

그 순간은 마치 월드컵 역전골의 환호와도 같았다. 모두가 기립한 방청석을 향해 홍설아가 두 손을 흔들었다. 그리고 그 기쁨을 마이크에다 솔직하게 쏟아버렸다.

[이민규 셰프님, 저 퀸 먹었어요. 고마워요!]

그 소리는 초빛의 민규에게 생생하게 전해졌다. 그제야 민규가 긴장을 풀었다. 홍설아의 테이블을 마감해도 될 시간이었다. 그녀의 식사가 끝난 것이다.

"흠흠……."

그제야 민규 후각에 불쾌한 냄새가 들어왔다. 마당 쪽이었다.

"야, 이종규!"

그 광경을 본 민규가 소리쳤다. 종규는 설야멱을 하고 있었다. 하지만 숯불 조절을 못해 절반 가까이 태우고 있었다.

"아, 씨… 이게 왜 잘 안 되지? 형이 할 때는 거저먹는 거 같던데……."

땀에 절은 종규가 볼멘소리를 냈다.

"찬물에 대충 적시고 참기름만 잔뜩 바르니까 그렇지."

꼬치를 뺏어 든 민규가 시범을 보이려는 순간, 형체 하나가 형제 앞으로 다가섰다. 고개를 드는 순간 술 냄새가 확 끼쳐왔다. 얼굴이 멋대로 구겨진 차만술이었다.

"어이, 잘나가는 이민규. 너 나랑 얘기 좀 하자."

그의 목소리는 얼굴보다도 더 엉망으로 구겨져 있었다.

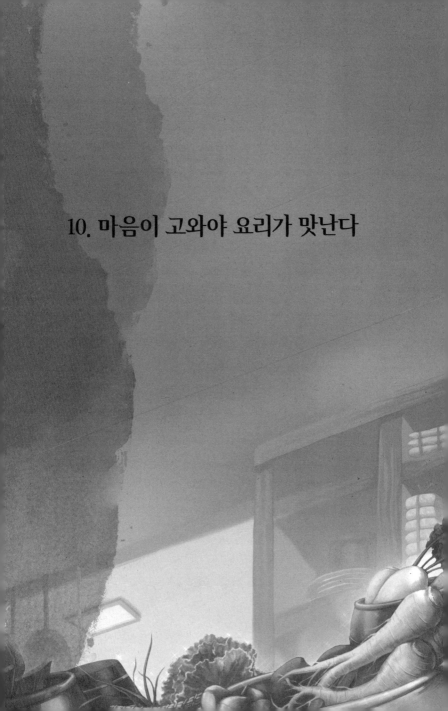

10. 마음이 고와야 요리가 맛난다

"뭡니까?"

민규가 물었다.

"너지?"

그는 작심한 듯 도발을 해왔다.

"뭐가요?"

"모든 것. 나를 꼬이게 만드는 모든 것 말이야. 그래, 안 그
래?"

"대체 무슨 말을 하는 건지?"

"몰라서 물어? 니가 여기에 자리를 잡은 후로 모든 게 꼬이
고 있잖아? 미슐랭 별만 해도 그래. 너, 그놈이 사기꾼인 거

언제 알았어? 알면서 일부터 나 엿 먹인 거지? 돈 털리고 쪽 털리게 하려고?"

차만술 목소리가 짜증스레 높아졌다.

"취하셨습니까?"

"그래, 쨔사. 취했다 왜? 돈이 1억 가까이 털리게 생겼는데 안 취하게 생겼냐? 게다가 사기 소식이 방송 타면서 예약은 줄줄이 취소……."

"그걸 왜 저한테 짜증을 내는 겁니까? 사장님이 덫에 걸려 들어 놓고."

"뭐야? 덫에 걸려? 니가 덫인지 아닌지 어떻게 알아? 이 사달만 안 났으면 미슐랭 별 나왔어. 사기든 말든 무슨 상관이야? 요즘 손님들이 그런 거 따지는 줄 알아? 모로 가도 산만 가면 된다고 사기든 말든 미슐랭 별만 나오면 만사 오케이라고."

"그게 약선요리 하는 사람 입에서 나올 말입니까?"

"약선요리사는 사람 아니냐? 다 돈 벌자고 하는 짓 아니야?"

"돈은 벌어야 하지만 그렇게 벌어서는 안 되지요. 말 섞고 싶지 않으니까 돌아가세요."

"닥쳐. 너 나 망하게 하려고 수 쓰는 거지? 그래서 우리 황 할머니도 꼬셔대고 있는 거고?"

"황 할머니요?"

"네가 들풀쪼가리 돈 주고 샀다며? 그게 말이 되냐? 요즘이 보릿고개도 아니고 누가 그런 걸 먹어. 다 네놈이 황 할머니 환심 사려고 일부러 부리는 수작이잖아?"

"들풀쪼가리가 아니고 초자연의 야생입니다. 그렇게 따지면 약재는 산들의 풀과 나무쪼가리 아닙니까?"

"짜식아, 그것들은 동의보감에 떡하니 족보로 올라 있잖아? 개나 닭이 뜯어 먹는 들풀하고 족보 있는 거하고 똑같냐고?"

"지금이 자연 회귀도 모자라 자연 갈망 시대라는 걸 모르시는군요? 옛날에는 거들떠보지도 않던 개똥쑥이 각광을 받고 매생이 같은 것도 그렇지 않습니까? 들풀 또한 우리의 소중한 먹거리들이니 약선요리사라면 당연히 관심을 가지고 살려야 할 것으로 압니다."

"이 자식이 지금 누굴 가르치려고……."

차만술이 내미는 손을 민규가 막았다.

"종규야."

"응?"

"주방에 가면 점나도나물 무친 거 있을 거다. 한 접시 가져와라."

"알았어."

종규가 주방으로 뛰었다. 그걸 받아 차만술의 입에 욱여넣었다.

"맛보세요. 당신이 무시한 게 어떤 맛인지."

"야… 윽."

버럭하는 차만술의 입을 민규가 막아버렸다. 취한 상태이기에 심한 반항은 없었다. 그의 입으로 점나도나물이 넘어갔다.

"세상에서 제일 진솔한 맛일 겁니다. 게다가 점나도나물은 모든 식재료와도 어울리더군요. 사장님이 배워야 할 점 아닌가요? 오직 돈만 밝히지 말고 살아가는 어울림의 삶 말입니다. 손님의 주머니만 털려고 하는 요리사가 무슨 재미입니까?"

"이 짜식이 남의 종업원이나 빼내가는 주제에 보자 보자 하니까."

차만술의 손이 허공에 올라갔을 때였다. 뒤에서 황 할머니의 목소리가 벼락처럼 터졌다.

"너 이게 무슨 짓이야?"

"어?"

"그 손 못 내려?"

"할머니……."

"할머니고 뭐고 손 내리라고. 민규 말이 구구절절이 맞구만 니가 무슨 자격으로?"

"아니, 지금 누구 편을 드는 겁니까? 저한테 월급받는 분이."

"그 잘난 월급 80만 원? 오늘처럼 장 담그다 늦어도 차비한 푼 안 주는 놈이… 오냐, 하긴 베트남에서 온 웅엔은 돈 130만 원 주면서 첩처럼 후려 먹었지. 여권 감춰놓고 밤마다 공짜 씹이나 탐하면서."

"할머니……."

"이놈아, 내가 모를 줄 알았냐? 응엔이 울면서 나한테 다 말했어. 한 번은 니놈이 덤비고 또 한 번은 부방장 그놈이 덤빈다고. 그때 그냥 경찰에 고발하려다가 네 어머니 낯을 봐서 내가 여권만 빼다가 응엔한테 줬었다. 종업원들이라고는 제 발의 땟국물만큼도 생각하지 않는 놈이… 그러니 니가 잘될 일이 있냐? 네 어미 성품 반의반만 좀 배워라."

"아, X발. 응엔 그년이 어떻게 튀었나 했더니… 그리고 여기서 우리 엄마가 왜 나오는데요?"

"이놈아, 나도 니 어머니가 베푼 정 아니었으면 너 안 도와줬어. 늙은이 돈 80만 원 주면서 온갖 공치사는 다 하는 놈이. 나도 이제 그만둘 테니까 너 혼자 잘해보거라. 이놈아, 이 나쁜 놈아."

"할머니……."

"어딜 민규한테… 너는 약선 때려치우고 잡탕이나 팔아 이놈아. 약선요리는 아무나 하나? 손끝에 약이 아니라 독이 들었는데 무슨 약선요리."

"됐어요. 갈 테면 가시라고요. 그간 장 좀 담그는 게 무슨 벼슬이라고. 그깟 장, 사다 쓰면 돈 굳고 좋은 거 몰라요? 그나마 어머니 고향 사람에 종갓집 출신이라서 대우해 줬더니……."

"그게 대우냐? 이놈아? 젊은 외국 여자들 오면 어떻게 한번 해보려고, 내가 성가시다고 온갖 눈치코치 다 주는 놈이. 그러니까 외국 여자들이 세 달을 못 버티는 거야. 이놈아."

"에이, 쌍. 재수 옴이 붙었나. 때려치우고 싶으면 마음대로 하세요. 그 나이에 나 아니면 누가 받아준다고……."

"제가 모시겠습니다."

민규가 묵직한 콜을 끼워 넣었다.

"뭐야?"

차만술의 미간이 미친 듯이 구겨졌다.

"300만 원 드리고 모실 겁니다. 나중에 딴소리 마십시오."

"……!"

"가보시죠. 다시 말하지만 그 외국인 미식가하고 저는 상관없습니다. 저한테도 사기를 치려고 온 걸 경찰에 신고한 거뿐이니까요."

"뭐야?"

"속상한 거는 공감합니다. 오늘은 아는 처지라 제가 참지만 다시 저한테 화풀이를 하려고 하면 그냥 안 넘깁니다."

"안 넘기면?"

"아직도 모르겠습니까? 왜 저희 집 예약이 끊이질 않는지?"

"미친놈아, 그거야 네놈이 연예인들 불러다 공짜로 퍼 먹이고 단골인 양 광고를 할 테니……."

"아까 다녀간 인기 스타들 말입니까?"

"오냐, 누가 모를 줄 아냐? 그런 것들 몇 명만 모셔다가 사인받고 사진 박아서 걸어두면 한두 달은 대박 나는 법 아니냐? 연예인 누구누구가 가는 맛집……."

"말 삼가세요. 나는 돈 많은 사람에게는 공짜 음식 내주지 않습니다."

"뭐야?"

"그리고 들어가서 보시죠. 연예인 광고 같은 거, 하지 않습니다."

민규가 홀을 가리켰다.

"이게 금방 뽀록 날 거짓말을 어디서……."

차만술이 식당 안으로 들어갔다.

"……!"

홀 안에 선 차만술이 흠칫거렸다. 가게 안에는 그런 흔적이 없었다. 내실 문까지 다 열어보지만 거기도 마찬가지였다. 연예인이든, 저명한 사람이든 그 어떤 흔적도 보이질 않는 것이다.

"알았으면 그만 돌아가시죠."

민규가 차 약선방을 가리켰다.

"말도 안 돼… 이건 뭔가 수작이……."

"수작 같은 건 없습니다. 문제가 있다면 사장님의 마인드뿐이죠. 할머께서 말씀하셨듯이……."

"아니야. 이럴 리가 없어. 니까짓 게 감히… 감히……."

밖으로 나온 차만술, 마당에 주저앉고 말았다. 허망함에 다리가 풀려 버린 것이다. 돕지 않고 그대로 두었다. 처음에는 상생을 생각했던 민규. 그러나 할머니의 말을 들으니 도와줄 가치도 없는 인간이었다. 그러고 보니 알 것 같았다. 외국인 여자 종업원들이 왜 차만술만 보면 불안에 떠는지. 짧은 근무 기간이라 차마 눈치채지 못했지만 그런 만행이 있었던 것이다.

게다가 김천익까지? 망둥어가 뛰니까 꼴뚜기도 따라 뛰는 격이었다.

"으아악, 죽 쒀서 개줬네."

차만술은 악을 쓰며 멀어졌다.

"할머니……."

차만술이 시야에서 사라지자 민규가 황 할머니를 바라보았다.

"고마워. 내 체면 세워줘서."

할머니 목소리가 살짝 젖어왔다. 차만술이 버린 할머니. 말이나마 대우를 해주며 편을 들어주니 고마웠던 모양이었다.

"체면 세워 드린 거 아니고 진심입니다."

"진심?"

"당장은 많이는 못 드립니다. 한 달에 300만 원은 챙겨 드릴 테니 오셔서 찬모 자리 좀 맡아주세요. 장 담그는 것도 도와주시고요."

"민규……"

"시간은 차 약선방처럼 일하시면 됩니다. 점심 직전에 오셨다가 저녁 전에 가시면……"

"아니야. 이 늙은이가 무슨 가치가 있다고 300만 원을… 정 내가 필요하면 100만 원만 줘. 그럼 아침에 왔다가 저녁에 갈 게."

"300만 원 아니면 안 됩니다. 저희 집 손님 못 보셨어요? 그 정도는 줘도 충분하다고요."

"민규……"

"부탁합니다. 할머니. 그 손맛 장맛, 누구한테는 전수하셔야죠. 맨날 수입산 장이 한국 음식 망친다고 혀를 차셨잖아요?"

"그렇긴 하지만……"

"부탁합니다. 젊은 놈들이 우리 맛 살리려고 애쓰는데 좀 도와주세요."

"……"

"할머니……"

"알았어. 이 사장."

이 사장. 할머니가 허락한다는 뜻이었다.

"고맙습니다. 대신 사장은 말고 셰프라고만 불러주세요."

"아유, 내가 늙어서 무슨 복으로 자꾸 좋은 일이 생기나? 동생 나물 사주는 것만 해도 고마운데 월급이 300만 원이라니? 내 평생에 제일 많이 받는 월급이야."

"아직은 다 좋아하시지 마세요. 장사 잘되면 더 올려 드릴 게요."

"아이고, 이것이 참말로 꿈인가 보네. 꿈인가 벼?"

할머니가 환하게 웃었다. 장맛만큼이나 푸근한 미소였다. 김천익이 달려온 건 그때였다. 차 약선방에서 뒤처리를 하던 중에 차만술의 이야기를 들은 모양이었다.

"야, 이민규, 이 자식!"

다짜고짜 민규 멱살을 거머쥐는 김천익. 그도 술 냄새가 폴 폴이었다. 주인이 마시니 부방장도 마신다. 주인이 외국인 여 종업원을 건드리면 부방장도 건드린다. 참 잘도 맞는 궁합이 었다.

"놓으시죠?"

민규는 냉정했다.

"뭐야? 너 이 자식, 감히 스승 격인 사장님에게 이럴 수가 있어?"

"스승이라고요?"

"사장님 밑에서 배웠잖아? 그럼 스승이지. 스승이 따로 있 어. 그런데 감히 스승을 밟으려고 해?"

"나는 MSG 떡을 치면서 자연산 양념주의자라고 떠벌리고, 힘들게 돈 벌러 온 외국인 여종업원들 협박해서 옷 벗기는 그 런 인간을 스승으로 둔 적 없습니다만."

"뭐야?"

"당신도 마찬가지라면서요? 당신도 사장 뒤따라 다니면서 은근히 주워 먹었다고?"

"뭐야? 이 자식이 열린 입이라고……."

김천익이 주먹을 겨누었다.

"아아, 진정하시고… 혹시 그거 아세요? 불쌍한 외국인 여자들 건드리면 삼 년 안에 큰 배탈이 난다는 거?"

"놀고 자빠졌네? 응?"

순간 김천익의 얼굴에 물벼락이 떨어졌다. 주인공은 할머니였다. 원래는 종규에게 시킨 일. 쌍을 이뤄 작태를 일삼는 김천익의 행동에 핏대가 오른 할머니가 물그릇을 가로채 뿌려 버린 것이다.

"아, 진짜 이놈의 늙은이가 맛탱이가 갔나?"

김천익, 민규의 멱살을 놓고 할머니를 향해 으름장을 놓았다.

쫘악!

그 얼굴에 파열음이 터졌다. 할머니가 따귀를 후려친 것이다.

"이놈아, 너도 정신 차리고 살아. 아직 앞길이 구만리 같은 놈이 차만술이 같은 놈에게 꼬리 치고 아부나 떨고… 차만술이 건드린 여자들 위로하는 척하면 또 건드리고. 에라, 이 염통도 쓸개도 없는 놈아."

쫘악!

따귀는 연타석으로 들어갔다. 정곡을 찔린 김천익, 불같은 핏대로 상황을 반전시키고 싶었지만 뜻대로 되지 않았다. 폭주하려는 순간, 아랫배가 끊어지는 듯한 통증과 함께 시야가 뿌옇게 흐려진 것이다.

"어억!"

김천익이 배를 잡고 무너졌다. 할머니가 뿌린 물에 소환된 초자연수 덕분이었다. 동기상한에 취탕을 섞고 쾌속 응징을 위해 급류수까지 살짝 더한 민규였다. 배가 안 꼬이면 이상할 상황.

"아이고, 나 죽네."

김천익이 배를 안고 뒹굴었다.

"이놈이 엄살은. 늙은이 따귀가 그렇게 아프더냐? 오냐, 그럼 어디 진짜 아플 만큼 맞아보거라."

할머니가 빗자루를 집어 들었다.

종규가 말리려는 걸 그냥 두었다. 차만술과 김천익은 지은 죄가 있다. 할머니의 약한 힘에 몇 대 맞는다고 해도 크게 다치지 않는다. 게다가 신고 따위는 할 수 없었다. 그러니 이번 기회에 할머니에게 좀 맞는 게 좋았다. 민규의 주먹보다 약이 될 매였다.

"형!"

종규가 민규를 바라보았다. 처분을 묻는 것이다.

"할머니가 때리다가 지치시거든 119나 불러줘라."

민규가 웃었다.

"아이고, 아이고!"

호들갑과 오두방정이 뒤섞인 김천익의 비명은 꽤 오래 이어졌다.

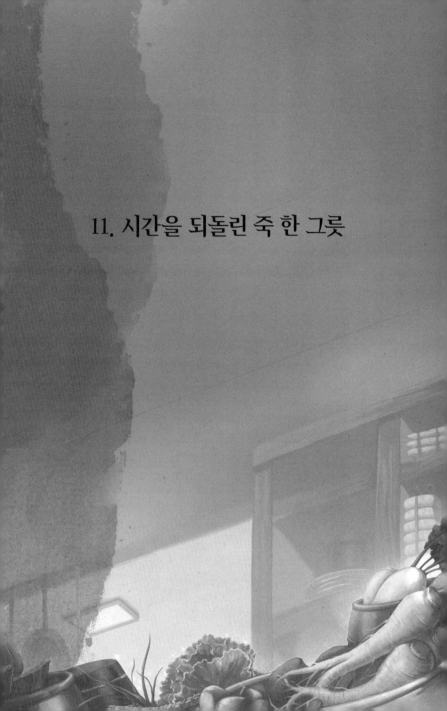

11. 시간을 되돌린 죽 한 그릇

죽 쒀서 개줬네.

차만술의 악담이었다. 개는 아무 죽이나 먹나? 차만술은 세상을 몰라도 너무 몰랐다.

요즘 개들은 그냥 개가 아니다. 일부 개들은 '내 아기'급 대우를 받는다. 사람도 못 먹는 최고의 음식을 먹는 개도 많았다.

"……!"

민규도 놀랐다. 그 일을 경험하게 된 것이다.

이틀에 한 번 꼴로 궁중죽을 사러오는 기사가 있었다. 처음에는 회장이나 사장이 시킨 것으로 알았다. 그러다 오늘 아침에 진실을 알게 되었다. 기사가 도착했을 때 그 회장님에게 전화가 온 것이다.

"우리 제인이 너무 좋아하니까 한 그릇으로 부족해. 한 그릇 더 사와."

기사의 전화기에서 여자 회장님의 목소리가 흘러나왔다.

제인!

외국 유학이라도 하는 딸일까? 기사에게 물었더니 바로 답이 나왔다.

"제인은 사람이 아니라 개입니다. 팔자가 나보다 낫지요."

50대 기사의 눈가에 쓸쓸함이 스쳐 갔다. 황당했지만 죽 요리를 멈출 수는 없었다.

개를 먹일 죽.

하지만 개를 데리고 온 것도 아니었다. 사다가 집에서 먹인다는 데야 뭐라고 할 수도 없는 일이었다. 푸는 김에 다른 죽 한 그릇을 더 펐다.

개죽이나 사러 다니는 자괴감에 기력이 내려앉은 기사를 위한 보양죽이었다.

"아침에 일찍 오시기 힘드시죠? 기다리시는 동안 죽 한 그릇 드세요. 서비스입니다."

민규가 야외 테이블을 가리켰다.

"서비스요? 여기 약선죽값이 보통이 아니던데……."

"식기 전에 드세요. 기운이 좀 날 겁니다."

"아휴, 나 같은 기사에게 무슨 서비스를……."

기사가 의자에 앉았다. 민규는 정성을 다해 테이블을 장식했다.

감격한 그는 단숨에 죽을 비워냈다. 양이 작은 것 같아 한 그릇을 더 주었다. 기왕에 쓰는 인심이라면 제대로 먹이는 게 옳았다.

"이야, 기가 막히네요. 내가 솔직히 약선죽, 궁중죽 하길래 돈 많은 인간들 돈 지랄이지 싶었는데 직접 먹어보니 왜 환장하는 줄 알겠어요. 저도 언제 예약해 두고 늙은 어머니 한번 모셔야겠는데… 저 같은 운짱 예약도 받아주나요?"

"당연하죠. 저희 가게에서는 누구든 똑같이 대우합니다."

"어휴, 속이 다 푸근해지네. 너무 고마워요."

기사는 가뜬하게 돌아갔다. 그 뒤로 단체 손님들이 줄을 이었다. 이제 민규의 아침 약선죽과 궁중약선죽은 자리가 없을 정도였다.

한숨을 돌리기도 전에 테이크아웃 손님이 왔다. 기업체의 임원진 아침 회의에서 주로 맞춰 가는 죽들이었다.

오늘 아침, 이렇게 나간 테이크아웃만 해도 80여 그릇에 가까웠다.

"형, 그분 오셨어."

손님을 배웅하던 종규가 주방으로 들어왔다.

"다섯 가지 죽?"

"응. 다 됐어?"

"오케이, 내다 드려라."

민규가 죽 포장을 가리켰다. 이 손님은 시간관념이 철저하다. 몇 시 몇 분이라고 약속하면 딱 그 시간에 오는 것이다.

"형, 방금 그 손님 말이야."

죽을 실어주고 돌아온 종규 목소리가 빨라졌다.

"왜?"

"수미푸드 알지? 거기서 왔나 봐."

"수미푸드?"

"백화점에 도시락 체인 낸 회사 있잖아? 차에 보니까 거기 도시락 샘플이 굉장히 많더라고."

"그래?"

"좀 이상하지 않아? 우리 죽을 계속 사 나르고 있어."

"레시피 캐려고?"

"우리 죽을 베이스로 약선죽 개발하려는 거 아닐까?"

"공상 그만해라. 그 회사 개발실은 폼으로 있냐? 몇 그릇씩 사 나르는 손님이 그 하나도 아니고."

종규의 말을 일축하고 새팥을 챙겼다. 육성그룹 양경조 회장이 동생과 오기로 한 날이었다.

지장수에 정성껏 불린 새팥을 준비하고 황소냉이뿌리도 한 주먹 집어 지장수에 담가놓았다. 메도 좋지만 좋은 황새냉이를 구한 까닭이었다.

황새냉이의 꽃말은 '그대에게 바칩니다'이다.

꽃말처럼 새팥죽의 맛을 더욱 푸근하게 만들 재료였다. 곁들임으로 낼 찬은 야생초부각과 소리쟁이된장국, 곰밤부리나 물무침과 민물김이었다. 곰밤부리는 별꽃으로도 불린다. 이름만으로도 싱그러운 초원을 옮겨놓은 기분이 들었다.

민물김은 굉장히 귀하다. 때로는 수박향이 나고 때로는 바람 냄새가 난다.

가격이 높았지만 양 회장은 운이 좋았다. 아마도 그의 소망 때문이었을 것이다. 좋은 재료를 구한다는 건 민규에게도 로또 당첨에 필적하는 행운이기 때문이었다.

새팥죽 한 숟가락 위에 바삭하게 구운 민물김을 올리고 한입 꼴깍. 그야말로 환상 중의 환상이 될 맛이었다.

양 회장의 차는 10분쯤 일찍 도착했다. 혼자였다. 내실이 좋을 것 같다기에 안으로 모셨다. 속이 시원해지는 정화수를 먼저 내드렸다.

10분이 지났다.

동생은 오지 않았다.

20분이 지나도 그랬다. 양 회장은 전화를 들었다 놨다 하며 초조함을 달랬다. 더러더러 쓸쓸한 미소가 엿보이기도 했다.

긴 세월 동안 쌓인 동생과의 벽. 생각보다 깊고 높은 모양이었다.

40분 경과.

그때 회장의 전화기가 울렸다. 번호를 본 회장의 얼굴이 살 포시 구겨졌다. 동생의 전화가 아니었다.

"알았어. 곧 가도록 하지."

전화를 놓고 물 잔을 비워내더니 민규를 불렀다.

"미안하오. 아무래도 혼자 먹고 가야 할 것 같네요."

"손님이 안 오셨으면 다음에 다시 오셔도 됩니다."

"아니에요. 새팥죽으로라도 빈 마음 채우고 가야지."

양 회장이 쓸쓸히 웃었다.

"그럼 준비해서 올리겠습니다."

민규가 주방으로 돌아왔다.

새로 짠 들기름을 발라 바삭하게 구워진 민물김이 보였다. 귀한 것까지 준비되었으니 일이 잘될 거라고 생각했는데…….

이럴 때 셰프는 마음이 아리다.

함께 먹으면 좋을 사람이 오지 않는 테이블. 맛의 결 한쪽 이 요리가 나오기도 전에 숭덩 무너진 것이다.

바로 그때, 창밖에서 종규 목소리가 넘어왔다.

고개를 드니 세단 하나가 들어서고 있었다. 차가 멈추고 한 사람이 내렸다.

'동생분…….'

민규 입가에 미소가 번져갔다. 얼굴만 봐도 알 수 있는 닮 은꼴 붕어빵이었다.

셋, 둘, 하나…….

혼자 카운트를 하는 동안 양 회장의 밝은 목소리가 들려왔다.

"이 셰프, 예정대로 진행해 줘요. 내 동생이 왔어요."

종규가 동생을 테이블로 모셨다.

"왔냐?"

"웬일이오? 나를 다 보자 하고."

형제의 인사는 어색했다.

"일단 앉아라."

"바쁩니다. 할 말 있으면 간단히 하세요."

동생이 퉁명스레 앉았다.

침묵.

동생과 형의 첫 만남은 그랬다. 마치 오래전 남북회담의 한 장면을 보는 것 같았다. 경색이라는 단어가 오래오래 테이블 위에 머물렀다.

"약수입니다. 요리가 나오기 전에 천천히 드시고 계십시오."

민규가 물을 세팅해 주었다. 정화수와 지장수, 그리고 방제수 세트였다. 속을 시원하게 하고 마음을 안정시키는 효과를 위한 전채용이었다.

"마셔. 여기 물이 진짜 약수더라."

양 회장이 동생에게 말했다.

"생각 없수다."

"진짜 다르다니까."

"웬일이우? 집에 좋은 정수기 두고 럭셔리 수입 생수만 마시던 양반이⋯⋯."

"그거 아직도 마음에 두고 있냐?"

"아니면요? 그때 우리 회사가 위기 아니었습니까? 그런데 형은 그 비싼 물로 밥도 해먹습디다? 임원 회의에서는 허리띠 졸라야 한다고 강조하던 사람이."

동생 목소리에 날이 섰다.

"그 물, 네 형수가 친구 도와주고 얻어 온 물이었다."

"허엇. 핑계를 대도⋯⋯."

동생 입에서 쓴웃음이 나왔다.

"못 믿겠으면 검색해 봐도 좋다. 네가 오기 이틀 전인가 수입물 판매상을 하는 형수 동창에게 전화가 왔었다. 판매 부진으로 부도가 나게 생겼으니 한 번만 도와달라고. 네 형수뿐만 아니라 사회적 인지도가 있는 모든 동창들에게 연락을 한 모양이더라. 사회 저명 인사들을 내세워 홍보를 벌인 거지. 네 형수도 친분 때문에 한나절 일일 판매 사원으로 도와줬고 일당이라며 물을 받아왔다. 나도 그렇게 비싼 물이 마음에 들지 않았다만 일하고 얻어 온 거라 버릴 수도 없어 몇 병 쓰고 있던 차였다."

"그걸 믿으란 말입니까?"

"믿게 해주마."

양 회장이 화상 전화를 걸었다. 회장의 대학생 딸이 전화를 받았다. 딸이 냉장고를 열어 보였다. 그 구석에 수입 생수 몇 병이 처박혀 있었다. 하나를 꺼내더니 유효기간이 적힌 날짜를 보여주었다.

"......!"

날짜를 본 동생이 움찔거렸다. 그날이었다. 형네 집에서 고가의 수입 생수를 보고 심사가 뒤틀렸던 날. 그때 보았던 날짜가 그대로 새겨져 있었다.

"네가 그때 생수병을 보았으니 날짜를 기억하는 모양이구나? 한두 병 쓰고는 그냥 두었다. 우리도 그런 물로 호의호식하는 건 좋아하지 않거든. 니가 나를 그렇게도 모르냐?"

"......"

"내 입맛은 이 물이다. 한번 마셔보고 마음에 안 들면 가도 좋다. 내가 내 동생 입맛도 모르고 식사를 초대했다면 그 또한 내 불찰이니까."

"......"

"기왕 왔으니 마셔나 봐라."

"젠장."

동생이 마지못해 물 잔을 들었다. 첫 잔은 정화수였다.

꿀꺽!

"......?"

물이 넘어가는 순간, 동생의 목울대가 멈춰 버렸다. 미간을 잠시 찌푸리더니 한 모금을 더 마셨다. 그의 눈가에 짠 하고 힘이 들어가는 게 보였다.

손이 두 번째 잔으로 옮겨갔다. 그 물은 지장수였다. 이번에는 크게 한 모금을 들이켰다. 그러더니 잠시 맹한 얼굴이 되었다. 세 번째 잔은 서둘렀다. 방제수는 단숨에 목을 타고 넘어갔다. 벌컥벌컥이었다.

"이거……."

동생이 빈 잔을 바라보았다. 그의 혀가 입술의 물기를 쓸고 있었다. 팽팽하게 경직되어 있던 얼굴 근육도 어느새 느슨하게 내려왔다.

"어떠냐? 네 입맛에 딱이지?"

양 회장이 웃었다.

"신통하네? 이거 형하고 배고플 때 떠 마시던 새벽 우물 맛이잖아? 이건 산골에 쪼르르 흐르던 그 작은 흙탕샘물 맛 같고?"

동생이 잔을 짚어 보였다.

"그래. 그때, 너 나한테 많이 당했지."

"딸기 따 먹으려 하면 뱀 나온다고 못 가게 하고 혼자 따 먹고, 참새 잡아 구우면 머리 나빠진다고 못 먹게 하고 혼자 다 먹고."

"다는 아니지. 조금은 남겨줬을걸?"

"그랬지. 제일 맛대가리 없는 부분들."

"그때 대들다가 나한테 많이 얻어터졌지."

"쳇, 내가 형 구한 건 생각 안 나? 계곡 바위에서 민물김 긁다가 중심 잃었을 때."

"그걸 어떻게 잊겠냐."

양 회장의 목소리가 담담하게 내려앉았다.

"……?"

"그때 나는 네가 참 든든했었다. 네가 옆에 있으면 성황당을 지나갈 때도 겁나지 않았지."

어느새 애잔하게 바뀌어가는 양 회장의 눈빛.

"쳇, 누군 안 그랬는 줄 알아?"

"그때 먹던 달달한 성찬 생각 나냐? 감나무 아래서, 혹은 돌담 밑에서 목을 빼고 밥 되기를 기다리던……."

"새팥죽 말이우?"

"거기에 뭘 올려 먹으면 최고 맛이지?"

"그야 계곡에서 걷어 온 민물김이지."

"그거 먹으면 그때 기분이 좀 들까?"

"꿈 깨시우. 요즘 그런 음식이 어디 있다고."

"있을지도 모르지. 너하고 나하고 우애를 위해."

양경조가 고개를 들었다. 때를 맞춰 민규가 카터를 끌고 다가왔다.

"잠깐!"

동생이 민규를 세웠다. 그는 격하게 미간을 움직이며 냄새를 맡았다.

"이거?"

동생 시선이 형에게 향했다.

"나도 설마 했었다. 직접 봐라."

양경조가 웃었다. 쟁반의 뚜껑을 열었다. 그러자 검푸른 위엄이 동생의 시선을 덮쳤다. 바삭하게 구워진 민물김이었다.

"억, 이거 진짜네?"

민물김에 꽂힌 동생의 시선. 이어지는 죽 그릇에서 또 한 번 뒤집혀 버렸다. 새팥죽이 나온 것이다.

"······!"

이제는 말도 나오지 않는 동생.

"먹자. 먹어봐야 진짜인지 가짜인지 알지. 요즘 겉만 번지르르한 게 좀 많냐?"

형이 죽을 권했다. 민규는 별 참견을 하지 않았다. 오늘 요리에 대한 설명은 따로 필요가 없었다. 어쩌면 형제가 가장 잘 알고 있을 요리였다.

"자, 너도 한 미식하지? 이게 진짜 민물김인지 모양만 민물김인지 감상해 봐라."

양 회장이 김 한 조각을 동생 숟가락 위에 올려주었다. 동생은 한참 바라보더니 숟가락을 입으로 가져갔다. 그의 첫 숟가락 감상은 길었다. 입안에서 오래 맛을 음미하며 쉽사리 넘기지 못하는 것이다. 형은 그 모습을 보고만 있었다. 마치, 엄마처럼······.

"이야!"

첫 모금을 넘긴 동생의 입에서 긴 감탄이 나왔다.

"이거 진짜잖아? 완전 그때 그 맛이야!"

동생의 목소리가 둥글게 변했다. 단 한 숟가락에 남은 칼각이 죄다 무너진 것이다.

"천천히 많이 먹어라. 내가 넉넉하게 주문해 두었으니까."

"으아, 이거 진짜… 으아, 새팥죽……."

동생은 아예 죽 그릇을 집어 들었다. 그러더니 허겁지겁 퍼넣기 시작했다.

"김!"

형이 주의를 환기시켰다. 그제야 동생, 민물김을 멋대로 집어 죽 그릇에 넣었다.

그러고는 누가 뺏어 먹을까 김과 죽을 섞어 마구 흡입해 버렸다. 그제야 양 회장도 식사를 시작했다. 처음에는 죽 한 숟가락에 김 한 조각이었다. 하지만…….

"아, 씨… 그렇게 먹어서 맛이 나우? 체면 차리지 말고 옛날처럼 먹읍시다."

동생이 김 십여 장을 죽 그릇에 쓸어 넣었다. 형제는 닮았다. 먹는 모습도 닮았다. 그들은 어린 날처럼 먹었다. 죽 한 숟가락, 김 한 조각이라도 더 먹으려던 형제의 밥상머리 경쟁…….

내 거야.

내가 먹을 거야.

형은 두 개나 먹었잖아?

토닥이는 소리가 들릴 것 같은 풍경이었다.

"추가 죽 왔습니다."

그 경쟁이 끝나기 전에 민규가 죽을 이어놓았다. 김도 푸짐하게 대령했다. 함께 내온 과일김치와 두릅장아찌, 오색부각 등이 있었지만 형제는 오로지 새팥밥과 민물김만 집중 공략했다. 무려 세 그릇이었다.

"으아, 모처럼 진짜배기로 먹었네."

동생은 포만감에 배를 두드렸다. 이제는 완전히 부드러운 표정이었다.

"진짜 맞지?"

형이 물었다.

"100%네요. 민물김도……."

"옛날 생각나지?"

"그때가 좋았죠. 그때 형은 진짜 듬직했었는데."

"지금은 아니고?"

"우리 형, 많이 변했지. 새팥죽 끓여 먹던 그때에 비하면."

"내가 왜 너를 여기로 부른 줄 아냐?"

"이거 먹이고 나 구워삶으려고?"

"아니, 네 요구 다 들어주려고."

"예?"

느닷없는 호의에 동생 미간이 구겨졌다.

그 순간, 민규는 주방에서 후식을 준비하고 있었다. 싱싱한 토마토였다. 후숙한 게 아니라 다 익은 것을 바로 딴 것. 칼로 자르자 빨간 껍질 안에서 초록 씨와 속살이 풋내를 내며 초록 거렸다. 그걸 보던 재희의 눈이 발딱 뒤집혔다. 민규의 후식. 기가 막혔다.

'토마토에 설탕 듬뿍?'

토마토에 설탕이 좋지 않다는 건 이제 정설에 속한다. 왜일까? 설탕을 넣으면 달달하니 좋은데 왜 안 좋다는 걸까?

그건 토마토에 들어 있는 비타민B가 설탕의 대사에 쓰이기 때문이다. 설탕이 체내에서 대사되는 과정에서 비타민B가 도움을 주는 것인데 이렇게 설탕의 대사에 쓰이고 나면 우리 몸에 흡수되는 양은 줄어들기 때문이다.

그래서 소금을 추천한다. 소금을 살짝 찍으면 토마토의 약한 단맛과 소금의 짠맛이 맛의 상승작용을 일으킨다. 짠맛이 토마토의 단맛을 강하게 만들어주는 것이다. 그래서 금기시되는 토마토와 설탕의 짝짓기. 그 만행(?)을 다른 사람도 아니고 약선 셰프 민규가 저지르고 있었다.

"왜?"

시선을 느낀 민규가 고개를 들었다.

"셰프… 방금 뿌린 거 설탕이에요."

"알아."

"토마토에는 설탕이……."

"좋지 않지."

"그런데 왜?"

"조금 나쁜 궁합도 필요할 때가 있거든. 오늘이 바로 그날 같아서 말이야."

민규는 그대로 진행했다.

"후식입니다."

거침없이 테이블에 놓았다. 형제의 시선이 잠시 토마토에 내려앉았다. 형이 먼저 한 쪽을 들었다.

"우와, 이거?"

"대반전인데? 약선요리집에서 토마토에 설탕이라니?"

"야야, 사실 토마토는 이렇게 먹어야 제맛이야. 뭐 쥐뿔도 모르는 것들이 헛폼 잡느라고 토마토는 익혀 먹어라, 소금을 뿌려 먹어라 지적질들이지. 솔직히 싱싱한 토마토에 설탕 듬뿍 뿌리고… 다 먹은 다음에 그릇에 남은 덜 녹은 설탕과 즙을 한 방울까지 쪽쪽 핥아 먹는 게 최고 아니냐?"

"거 알면 좀 나눠 먹읍시다. 옛날에도 혼자 그릇 들고 튀더니……."

"그래. 나눠 먹자. 토마토가 아닌 추억을……."

형이 후식 그릇을 기울여 토마토 즙을 따라주었다. 형제는 똑같은 포즈로 남은 즙을 알뜰히 먹었다.

"아, 떨어진 토마토 씨 덩어리들 하고 덜 녹아 으석거리는 설탕의 콜라보가 보여주는 '찐'한 맛. 풋향에 따라오는 이 진액의 달콤함이라니… 아주 그냥 죽인다, 죽여."

형제는 똑같은 비명을 질렀다.

'봤지?'

민규가 재희에게 찡긋 신호를 날렸다.

"……"

재희는 할 말이 없었다. 어쩌면 테러에 가까운 토마토와 설탕의 배합. 하지만 민규가 옳았다.

까짓 설탕 한 숟가락 먹은들 당장 어떻게 되는 건 아니다. 그보다 더 큰 것을 얻을 수만 있다면 소금 대신 설탕 테러도 무방하다. 민규가 왜 최고의 약선 셰프인지 알 것 같았다.

'셰프님……'

재희는 멍한 시선으로 그 단어만을 곱씹어댔다.

"병조야."

입을 닦은 형이 동생을 바라보았다.

"왜 그러우?"

"너 회사 경영권 절반 인정해 달라고 했지. 그거 수용하마."

"형……"

돌연한 발언에 동생의 시선이 튕겨 올랐다.

"새팥죽에 민물김, 추억의 설탕 토마토를 함께 먹고도 내 마음 모르겠냐? 그동안 니가 내 동생이라는 걸 깜빡 잊었던 모양이다."

"형……."

"또 뭐가 있었지? 네 복심으로 불리는 배 이사에게 개발 담당을 맡기자고 했었지. 그것도 수용하마."

"형, 왜 그래? 뭐 잘못 먹었어?"

"짜식, 형한테 하는 말버릇 좀 봐라?"

"진짜 내 요구를 들어주는 거야?"

"형이 여기서 새팥죽 먹으면서 가만히 돌아보았다. 솔직히 내 주변에 너밖에 더 있냐? 우리끼리 싸우다 회사가 더 곤두박질치면 둘 다 손해 아니냐. 우리 아버지, 살아 계시면 그 꼴 못 보지."

"형……."

"됐냐?"

"아니!"

"왜? 또 뭐가 더 있어?"

"아니야. 그게 아니고… 진짜로 내 지분 반 인정할 거면 개발 쪽은 형이 미는 차 이사로 승진시켜도 돼. 솔직히 능력은 차 이사 그 친구가 더 낫지."

"진심이냐?"

"형이 하나 양보하는데 나도 양보해야지."

"하는 김에 하나 더 해라."

"또 뭐?"

"오늘 계산은 니가 해라. 여기 셰프, 나이는 어리지만 형이 진짜 빽 간 사람이니까 형 체면 고려해서 꽉꽉! 니 배포 좀 볼란다. 우리 회사 지분 반 가질 자격이 있는지 없는지……."

"그런 거라면 백 번이라도 할게. 이건 대한민국 어디에서도 먹을 수 없는 진통이잖아?"

"대한민국이 아니라 세계 어디서도."

"공감!"

동생이 손을 내밀었다. 형의 손이 날아와 하이파이브를 울렸다.

짝!

죽값은 20만 원. 그러나 동생이 계산한 돈은 100만 원이었다. 추가 돈은 받을 수 없다고 사양했지만 너무 완강해 어쩔 수 없었다.

"셰프, 고마워요. 덕분에 우리 형제가 다시 사이가 좋아졌어."

양 회장이 웃었다.

"기왕 이렇게 된 김에 일주일에 한 번은 여기서 조찬합시다. 새팥죽을 먹으니 세상이 다 달라 보이네."

"그러지 말고 이번 신전략 상품으로 새팥죽 상품화는 어떠냐? 아니면 다른 약선죽이라도."

"좋죠. 형님이 원하면 나는 무조건 콜입니다."

동생도 따라 웃었다.

"이 셰프, 들었죠? 이거 기왕 이렇게 된 거 우리 약선죽 시

장 한번 만들어봅시다. 이 셰프 같은 사람의 손맛은 세상에
널리 알려야 돼요."

"과찬이십니다."

"나 빈말 아닙니다. 머잖아 다시 올 테니 그때 봅시다."

양 회장이 환하게 웃었다.

앞서거니 뒤서거니 식당을 나가는 두 사람의 모습은 신기하
게도 닮아 보였다.

"씨도둑질 못 한다더니……."

주방에 합류한 황 할머니도 흐뭇하게 중얼거렸다.

『밥도둑 약선요리王』 6권에 계속…

초대형 24시 만화방

신간 100%, 샤워실, 흡연실, 수면실(침대석), 커플석, 세탁기 완비

▪ 광명 광명사거리역점 ▪

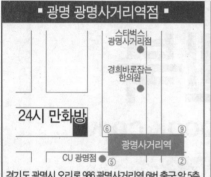

경기도 광명시 오리로 986 광명사거리역 6번 출구 앞 5층
02) 2625-9940 (솔목타워 5층)

▪ 강북 노원역점 ▪

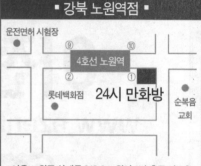

서울 노원구 상계동 340-6 노원역 1번 출구 앞 3층
02) 951-8324 (화용빌딩 3층)

▪ 일산 정발산역점 ▪

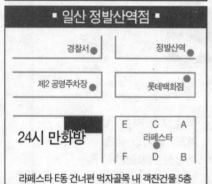

라페스타 E동 건너편 먹자골목 내 객잔건물 5층
031) 914-1957

▪ 일산 화정역점 ▪

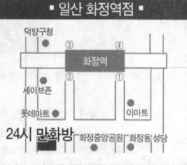

경기도 고양시 덕양구 화정동 984번지 서일빌딩 7층
031) 979-4874 (서일사우나 건물 7층)

▪ 부천 역곡역점 ▪

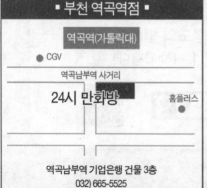

역곡남부역 기업은행 건물 3층
032) 665-5525

▪ 부평역점 ▪

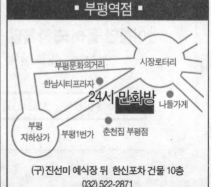

(구)진선미 예식장 뒤 한신포차 건물 10층
032) 522-2871

FUSION FANTASTIC STORY

김재한 장편소설

헌터세계의 귀환자

2015년, 대재앙 퍼스트 카타스트로피에 의해
세상은 격변했다.

어느 날, 이상한 세계 '어비스'로 납치당한 서용우.
필사적인 싸움 끝에 지구로 돌아왔지만……

"…15년이 흘렀다고?"

그의 앞에 나타난 것은 변해 버린 지구였다!

끊임없이 쏟아져 나오는 몬스터와
이를 저지하기 위한 각성자들의 전투.
인류의 종말을 막기 위한
0세대 각성자의 이야기가 시작된다!

Book Publishing CHUNGEORAM

유행이 아닌 자유추구 -
WWW.chungeoram.com

FUSION FANTASTIC STORY

초인의 게임

니콜로 장편소설

지저 문명의 침략으로 멸망의 위기에 빠진 인류.
세계 최고의 초인 7명이 마침내 전쟁을 종식시켰으나
그들의 리더는 돌아오지 못했다.

그리고 17년 후.

"서문엽 씨!
기적적으로 생환하셨는데 기분이 어떠십니까?"
"…너희 때문에 X같다."

죽어서 신화가 된 영웅.
서문엽이 귀환했다.

Book Publishing CHUNGEORAM

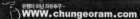
유행이 아닌 자유추구 -
WWW.chungeoram.com